*Ce livre s'acquiert sur internet, dans le monde entier.
En format numérique ou en volume imprimé.*

Bibliographie complète en fin de volume.

ISBN 979-10-94712-17-7

(2017)

Michel TREGUER

ALENTOURS

Sommaire

Brève rencontre

— Hier, en revenant de Rennes, j'étais assise face à un homme d'une cinquantaine d'années qui prenait des notes ou même écrivait un livre dans une langue inconnue. Du roumain, peut-être, ou une langue balte ; africaine.

— En caractères latins, cyrilliques, ou plus exotiques encore ?

— Je ne sais pas.

— Alors, pourquoi parles-tu de langue inconnue, si ça pouvait être de l'espagnol ou même du français ?

— À la vérité c'était lui qui paraissait étranger, sa peau n'était pas d'ici.

— Tous les Français ont la même peau ?

— Tu m'embêtes. On peut tout de même garder les yeux clairs sans se faire immédiatement renvoyer dans je ne sais quel labyrinthe idéologique. Tu m'égares. J'ai déjà perdu l'histoire que je voulais te raconter.

— Ton bonhomme, revenons-y.

— En plus, j'ai entendu son accent.

— D'où ?

— Je ne sais pas non plus. Sa voix sortait d'une

légende. Et ça m'a bouleversée qu'on puisse me parler de là-bas.

— Tu veux dire, depuis le siège qui te faisait face ?

— J'étais repérée, adoubée, du seul fait qu'on s'adressait à moi. Pas seulement par lui, par une nuée de peuples, par une foule à l'horizon.

— C'était un migrant peut-être ?

— J'ai chassé cette idée qui me faisait honte, si par là il fallait entendre une sorte de brigand venu piller indûment nos prestations sociales. C'était un voyageur ; un errant magnifique qui avait, pour venir jusqu'à nous, affronté d'innombrables dangers propres à la géographie ou tendus par les hommes. As-tu jamais pensé à cela ? Tous ces gens, jeunes ou vieux, qui se lancent dans l'aventure de l'exil ont un rapport à l'espace et au temps, au hasard, à l'univers en somme, au réel, qui nous fait apparaître comme de misérables pantouflards accrochés à leur rente… Ils n'ont peur de rien, ils s'avancent sans autre bagage que leur corps et leur désir de vivre. Ils sont les vrais enfants de la planète. Ils sont magnifiques.

— Ils ont peur sans doute.

— Il avait une cicatrice sur l'un de ses poignets, et une autre au cou.

— Un homard l'avait mordu quand son bateau avait coulé un peu avant Lampedusa. Donc, il t'a parlé ?

— Quand le train est entré en gare de Guingamp, il s'est levé, il a attrapé sur l'étagère une valise bon marché qu'il a posée sur le siège pour l'ouvrir et y glisser son manuscrit. Elle était presque vide, ce qui m'est apparu comme un signe de liberté plus que de pauvreté. Ce manque donnait à voir tous les possibles, un trésor de futurs. Désormais cette caverne écornée contenait l'or de son texte. Un génie s'y redressait, crevait le toit du wagon.

— Tu délirais. Ou bien c'est maintenant.

— Puis il a fait tomber un manteau élimé qu'il a passé. Alors, avant de gagner la porte, il s'est penché vers moi, et il a dit simplement : « Vous êtes une très belle femme. »

— Je comprends mieux. Plus que sa voix, c'est son apostrophe qui t'a harponnée.

— Retire ce mot.

— Il t'avait beaucoup regardée ?

— Pas que je sache. Il écrivait, il lisait, et moi aussi.

— Il a profité des moments où tu avais les yeux baissés. Et ça t'a fait plaisir ?

— Oui. Je l'ai pris comme un cadeau élégant, malgré le dénuement du chevalier, ou peut-être d'autant plus. Grâce à lui l'idée de la beauté résistait à la misère, aux violences de l'errance. Ou peut-être même en naissait-elle ? Les merveilleux dessinateurs de Lascaux n'étaient pas des milliardaires à la Jeff Koons. Ils ne se déplaçaient pas en limousine, ne dînaient pas dans des restaurants trois étoiles, ne disposaient ni de vêtements commodes, ni de projecteurs ni de matériel de peinture adapté à leur création.

Je somnolais, et un prince déguisé en mendiant me

réveillait, m'enlevait ma peau d'âne. Quel était le destin de cet homme ? De quelle histoire oblitérée s'était-il arraché pour s'adresser à moi ? pour donner vie, aussi, à mon personnage près du sien ? Il m'a semblé que le présent prenait l'allure d'un souvenir éclos dans un avenir ignoré. Un jour, nous aurions vécu cet instant. En attendant ce *flash-back*, des aventures fabuleuses m'attendaient. Tu connais la phrase de Kerouac, *what's in store for me, in the direction I don't take ?*

— Qu'est-ce qui t'attendait là où tu n'es pas allée ? Là où il est désormais ? Tu as regretté qu'il ne t'ait pas adressé la parole avant ? que vous n'ayez pas pris le temps d'une véritable conversation ?

— Peut-être aurais-je pris peur et écourté un échange plus long. La magie de la rencontre est née de la brièveté et de l'épaisseur du mystère qu'il m'a laissé sur les bras en partant. M'est revenu en tête et au cœur le *Voyage d'hiver* de Schubert, sur un poème de Müller : « Étranger je suis venu, étranger je repars… J'écris "Bonne Nuit" sur le portail pour que tu puisses voir que j'ai pensé à toi. »

— J'ai encore une question. Transfère la situation. Je rentre de voyage, je te raconte qu'avant de sortir du train j'ai dit à une femme inconnue qui me faisait face que je la trouvais belle… Qu'en penserais-tu ?

— Je m'imaginerais à sa place, et ce serait la même histoire.

Complot

L'affaire avait, comme on dit, le mérite d'être claire. J'avais laissé le bon sens des bonnes gens et leur manigances suffisamment loin derrière moi pour qu'on ne vienne pas me soupçonner de délirer. Personne ne savait où j'étais. Quand Jacquotte m'avait annoncé que son cher préfet l'envoyait cinq jours à Vierzon participer à un séminaire sur la nouvelle organisation administrative de la République, je m'étais immédiatement senti investi par l'un de ces rêves de voyage qui me rendent supportables les périodes intermédiaires d'ennui. Au demeurant, je me doutais que les échanges les plus importants des congressistes consisteraient, à l'heure du café, à évaluer l'avenir des leaders politiques du jour. Sans mettre sa carrière en danger, Jacquotte s'inquiéterait de la rudesse de Jean-Luc Mélenchon, de la candeur de Benoît Hamon, des silences d'Emmanuel Macron, des ombres de François Fillon, des imprudences de Marine Le Pen. Et ce soupçon ne faisait qu'aggraver mon envie de rencontres, de musiques, d'odeurs, de lumières nouvelles ; bref, d'autres mondes et presque d'autres temps. Je ne resterais pas seul dans notre maison. Déjà ma réserve de désirs frémissait sous la barrière du sternum, prête à libérer le geyser de l'un d'entre eux. J'adore partir seul de temps en temps dans des villes ou des campagnes banales, des lieux oubliés par les historiens, ignorés des tour-opérateurs, où pourtant la mystérieuse singularité de la planète dans l'essaim des galaxies, la merveille du quelque chose plutôt que rien, se devinent aussi bien que sur Broadway ou les Champs-Élysées. La modulation des lois rigoureuses de la physique par les plaisanteries du hasard, l'imprévisible errance de la vie et celle de l'humanité, ont cours à Guéret ou à Miquelon, comme à Ibiza ou Acapulco. Dans l'année écoulée, j'avais passé une semaine à Blackfoot, un bled de l'Idaho, une autre à Douchanbé, la capitale d'un inclassable Tadjikistan. Cette fois, j'avais choisi La Réunion, petit morceau de France perdu dans l'océan Indien. Internet m'avait révélé qu'un dense réseau de bus permettait de sillonner l'île pour un prix très modeste. La population présentait toutes les nuances de couleur de peau et parlait toujours créole. Il y avait un volcan en activité, quelques belles plages, du rhum « arrangé » ou non par des gousses de vanille.

La chose s'est passée dans le "car jaune" reliant la gare routière de Saint-Denis à l'arrêt de Saint-Gilles Filaos. Je m'apprêtais à passer une heure avec le chauffeur et quelques rares collégiens lorsqu'au dernier moment trois adultes ont fait rouvrir la porte qui venait de se fermer. Je ne les avais pas vus venir sur le terre-plein pourtant dégagé. Comme s'ils s'étaient approchés en se dissimulant sous le bord inférieur des fenêtres. C'était déjà bizarre. Des deux espaces prévus pour permettre à quatre voyageurs de se réunir, l'un était entièrement vide, tandis que j'occupais seul un des sièges du deuxième. Pourtant ce fut à mon côté que les trois arrivants choisirent de s'installer. Sans doute ai-je commencé à décevoir leur attente en refusant de porter sur eux des regards trop directs. Du coup, ils haussèrent le ton de leurs propos, lesquels me laissèrent bientôt deviner que l'homme blanc et la femme fortement métissée qui me faisaient face composaient un couple d'environ soixante ans, dont mon voisin était le fils. Les deux hommes étaient soi-disant venus de Nancy rendre visite à leur épouse et mère qui avait, depuis quelques années, choisi de rejoindre son île de naissance. Pour autant, aucune amertume n'aigrissait leur échange. Ils jouaient le plaisir de se retrouver et jouissaient d'avance du bon repas qui les attendait sur une terrasse dominant quelque plage. La femme était drôlement vêtue d'une robe de mousseline bariolée agrémentée de volants qui faisaient penser à des ailes de papillons et d'un chapeau semi-transparent aussi improbable qu'elle s'enfonçait périodiquement jusqu'aux sourcils. Avait-on jamais vu une tenue aussi folle ? Je n'en devinais pas la raison. En revanche les deux hommes avaient conservé les tristes pantalons de laine, marron pour l'un, gris pour l'autre, les chaussures noires et les chemises sans goût avec lesquels ils avaient sans doute voyagé depuis cette Lorraine inventée. Je ne pouvais pas tenir plus longtemps mon retrait sans paraître céder à leurs provocations. Je me résolus donc à lever les yeux en préparant un sourire cordial qui me servirait de salut. Mais ce fut une mimique illisible qui m'accueillit. Le père dont la lèvre supérieure s'ornait désormais d'une moustache clairsemée qui, je l'aurais juré, n'était pas là cinq minutes plus tôt, me regardait en cherchant à dissimuler son intérêt. Il avait peut-être vaguement l'air de se moquer. Déjà son silence avaient gagné ses deux acolytes, preuve, s'il en était, de leur complicité. Ils me privaient des indices qui avait jusque là truffé leur conversation. Mais il y avait pire. En dévisageant plus intensément le bonhomme – il le fallait bien – jusqu'à l'obliger à simuler une gêne et à baisser les yeux, la certitude m'avait inondé que je le connaissais, tout au moins que je l'avais déjà rencontré. Ma balade incognito sur ce confetti de la planète avait fait long feu. J'étais pisté, condition qui, pour inquiétante qu'elle fût, n'en était pas moins gratifiante. On se méfiait de moi, des possibles inventions de ma liberté. Une onde glacée ou brûlante avait pris naissance à la racine de mes cheveux et descendait vers ma poitrine jusqu'à me faire sauter le cœur.

Il paraissait invraisemblable qu'une telle rencontre pût relever d'un hasard, quand je n'avais parlé de ce voyage à qui que ce fût. On avait mis dans un chapeau des milliards de billets portant les noms de tous les humains vivants, ceux de tous les lieux-dits des cinq continents, on avait fixé le moment du tirage en arrêtant le chronomètre sans raison particulière, et, bingo, je me retrouvais dans un car en compagnie d'un trio d'espions. Il ne pouvait s'agir que d'un fait exprès. Mais j'avais beau me concentrer sur le visage du père, chercher à mettre un nom sur ces traits disgracieux, à me souvenir des circonstances dans lesquelles ils m'avaient déjà frappé, rien ne me venait. Le mieux était de résoudre l'énigme par le vide en éliminant le messager du danger. J'étais venu à La Réunion pour tuer. Ce ne serait pas une grande perte, le futur cadavre n'était pas beau, il avait une peau sèche, un nez cabossé, des joues osseuses. Leur affaire avait été mal préparée. On se demandait comment sa plaisante épouse, si lisse et délicatement enveloppée, avait pu se donner à un type aussi rugueux. Elle avait bien fait de le fuir et de se réfugier dans la tiédeur tropicale, sous les bosquets de *chandelles* et de vanilliers. Hélas, désormais, son malfrat de mari l'avait sans doute mise au courant et engagée dans la secte. On pouvait même se demander si ce n'était pas cette fidèle assistante qui m'avait repéré dès mon arrivée à l'aéroport Roland-Garros, et qui en avait prévenu par mail chiffré le gourou de Nancy. Elle périrait donc avec lui. Leur « fils » qui ne ressemblait à aucun de ses deux géniteurs prétendus aurait droit au même sort, à titre de témoin.

Le car venait de s'arrêter à l'entrée de la jolie plage de Boucan Canot que des panneaux publicitaires annonçaient en effet bordée par les terrasses de quelques brasseries. Les trois Pieds Nickelés avaient visiblement décidé de prolonger leur mensonge en s'y installant. Ils descendaient, les traits déformés par la terreur que leur inspirait ma détermination. Un petit marchand de samoussas et un policier municipal avaient été placés sur le bord de la route pour les accueillir. Je les retrouverais.

Alter ego

Une anatomie et une physiologie masculines peuvent aller de pair avec un désir de s'abandonner ; uniquement à des femmes, aimantes et douces ; voire de se rêver l'une d'elles. Serait-ce là un "homme lesbien" ?

Sur la Terre et sur une terrasse de café, une fille assise face à la mer. Seule au sein d'une petite foule de baigneurs qui ont quitté la plage pour venir se désaltérer. Elle n'a pas encore commandé, les regards du garçon passent sur elle sans la repérer dans le patchwork de peaux dorées incrustées de grains de sable. Des cris, des rires, des tapes amicales, des caresses, quelques baisers. Un adolescent punk redresse sa crête aussi verte qu'une algue. En changeant sa planche d'épaule un surfeur fait tomber au passage des gouttes d'eau salée sur la tête d'un bébé en attente de baptême.

La demoiselle esseulée, appelons-la Lise, laisse glisser ses paupières derrière ses verres de soleil, et le présent s'estompe comme les surfaces qui deviennent inactives sur un écran d'ordinateur. Sa vie entière s'évapore en même temps que le souvenir de l'année universitaire qui vient de se terminer. Elle a soif d'infini, de vacance plus encore que de vacances. Elle ne sait pas si elle connaîtra jamais une nouvelle « rentrée ». Elle n'aperçoit ni ce qu'elle fera, ni qui elle sera. Et cette incertitude redescend la noria des causes futures, annulant le présent. Elle est dépersonnalisée, elle jouit d'un vide impossible à cerner. Une historiette lui revient, qu'elle a entendu conter le matin même à la radio. Un bateleur annonce à un ami qu'il a désormais un beau projet de vie. Chaque fois que l'autre veut en deviner la teneur, il assure que c'est beaucoup mieux. De proche en proche, il en vient à prétendre surpasser le monarque du pays. « Au-dessus du roi, fait son interlocuteur, il n'y a que Dieu ? – Je vise bien plus haut ! – Au-dessus de Dieu il n'y a rien ? – Eh bien, c'est exactement ce que je suis : rien. »

Dans un autre précipice, son père ne cesse de tomber, peut-être en souriant, vainement retenu par le bon docteur Alzheimer. Les mains glissent. Bientôt, tout ce qu'il ne lui a pas encore raconté sera effacé, perdu à jamais : son enfance de petit garçon, ses espoirs secrets, ses échecs ; sa rencontre avec la future mère de Lise ; la naissance de leur petite fille, de ce nouveau *je* qui s'est mis à penser ; et même le monde d'avant, les deux guerres mondiales, l'empire soviétique, le mur de Berlin.

Lise vit l'instant magique qu'elle attend depuis le début de son adolescence. Elle voulait jusqu'à cette date incertaine conserver intactes toutes ses forces, préserver ses études des interférences de ses rêves. Certes, elle lisait des livres, voyait des films, conversait avec des amis. Elle s'intéressait à l'actualité politique de son temps, aux guerres en cours, aux malheurs des populations déplacées, aux avancées des connaissances en biologie, en physique. Mais elle mesurait secrètement que dans ce flot elle n'était qu'une poussière parmi sept milliards, et elle savait qu'un jour elle voudrait échapper à cette similitude. Elle se sentirait soudain femme et belle, elle aurait peut-être déjà fait l'amour, son *curriculum vitæ* mentionnerait une licence et un *master*. Elle aurait le temps, enfin. Elle pourrait envisager une œuvre personnelle, écrire les premiers mots d'un roman ? En commençant, peut-être, par une carte de visite et du papier à en-tête : il lui faudra bien correspondre avec un éditeur. Pas d'*écrivain*, ses écrits ne sauraient être vains ; encore moins d'*écrivaine* ou d'*écrivilaine*, elle se sait jolie ; pas d'*écriveuse*, elle ne bave pas ; *écrivière* lui conviendrait mieux, elle a de bons souvenirs de ses écoles primaires et de ses bains du jeudi dans un joli ruisseau peuplé d'écrevisses. Ah, ces assonances, ces correspondances, ces couleurs, quelle forêt inquiétante et magique ! Son amie Laure, qui prépare *les Langues O'*, lui a récemment assuré que les champions de ces échos hasardeux, plus que Baudelaire et Rimbaud, sont les Chinois. Les jeux olympiques de Pékin ont commencé à 8h08, le 8 du 8e mois de 2008, parce que le chiffre 8 est bénéfique. S'ils ont fait du 11 Novembre la fête des célibataires, c'est que cette date du 11/11 associe quatre 1, symbole des solitaires. Comment tenir pour futiles un milliard et demi d'êtres humains ?

Son cœur bat. Confucius soutient son espoir. Quelques années plus tôt Lucy s'est redressée dans la savane africaine, un tailleur de silex est parvenu à allumer un feu, Jules César a fait égorger Vercingétorix, le bras d'Archimède s'est levé dans son bain, une pomme est tombée sur la tête de Newton. On a trouvé vide le tombeau de Jésus-Christ, la jument Al-Bouraq a porté Mahomet au ciel. Des géants dialoguent ou se battent. Comme d'autres prient, Lise s'abandonne à son ignorance qui cache peut-être une porte. Elle n'entend pas soulever des montagnes, rejoindre quelque Sisyphe, pousser un formidable rouleau. Elle s'en tiendra à faire vivre, aimer, penser, mourir, des personnages minuscules. À Lilliput, à Combray, à Dublin, sur une plage d'Alger. Sous un volcan. Elle cherche un simple passage, un chemin où elle se sentira juste, originale, à sa place. Cet avenir commencerait bien un jour, et c'est maintenant.

Elle rajuste ses lunettes noires et rouvre les yeux sur l'immensité sombre de l'Atlantique : une simple buée, dont la profondeur n'excède jamais la millième partie du diamètre de la planète ; une cloque vingt fois moins âgée que la vie. De l'acné. À ses pieds, le vent s'amuse à faire rouler des *tumbleweeds* armoricains : goémons et lichens associés, arrachés aux rochers ; oyats cédés par les dunes. Sur la plage, de petits oiseaux bruns picorent le sable humide entre deux déferlements blancs. Leur nappe fourmillante dessine une grande aile qui caresse le rivage.

La marée haute approche, les vagues déferlent plus fortement. On ne voit pas les poissons, les crevettes, les phoques, les dauphins, mais ils sont là, la pythie devine leurs messages. Quelques cadavres de migrants encore cuivrés par le soleil d'Afrique ont réussi à trouver la passe de Gibraltar, pour le plus grand bonheur des crabes et des homards.

Alois Alzheimer. Elle aime le prénom du toubib, qui lui rappelle les troublants dessins d'Aloïse Corbaz, recluse dans l'asile psychiatrique de Cery, près de Lausanne. Les bribes de romans qui lui encombrent la tête relèvent peut-être aussi de l'art brut.

Le miracle se fait attendre, comme un coup de théâtre dans un récit à suspense. Qui pourrait, dans cette foule banale, proposer une histoire à la future romancière ? Pas cette gamine qui relance sans fin une petite poupée dépenaillée que son chien lui rapporte. Ni ces deux adolescents qui parlent et rient trop fort pour bien faire remarquer aux touristes ébahis qu'ils s'expriment en breton. Ni cet élégant vieillard dont la main tremble en soulevant un verre à pied empli d'un liquide vermeil près d'une coupelle d'olives. Encore moins ces goélands qui rasent effrontément les têtes des consommateurs. Comment faire surgir dans ce désordre de Chagall, dans ces nuées de Turner, la ligne claire d'un Hergé, le fil acéré d'une phrase, l'ouverture d'un récit ?

Garde espoir, petite ! le hasard prépare sa baguette. L'enchanteur va pimenter cette scène étale d'un frisson de précipitation. Deux promeneurs s'approchent. Encore quelques secondes, et ils frôleront la première rangée de tables. L'un d'eux, aux traits nettement asiatiques, redresse la tête, plonge un regard bridé dans les yeux de Lise Versois et lâche sans s'arrêter, d'une voix ferme, une interpellation confondante : « Bonjour Irène Marsan ! » Une autre bribe de phrase se perd dans le vent, quelque chose comme : « … cette fille dont je t'ai parlé. » Mais en revanche celle de son camarade qui s'est retourné est bien claire : « Bravo pour ce que vous faites ! »

Pétrifiée de surprise, Lise n'a ni répliqué, ni même bougé. Mais son cerveau galope. Comme elle ne connaît pas l'homme, que sans doute il ne la connaît pas davantage, il ne peut s'agir d'une plaisanterie. Il l'a vraiment vue, il l'a salué de ce nom, il a vanté ses activités. Il y aurait donc dans le pays, ou quelque part dans le monde, un clone qui aurait ravi son image ? un sosie engendré par quelque Docteur Frankenstein ?… Pour elle qui précisément cherchait une histoire, en voici une toute trouvée ! un véritable cadeau. De « Irène » elle est sûre. Quant au nom, « Marrant », ou « Manant », « Mare temps », on verra.

— Qu'est-ce que vous voulez boire ?
— Ah, je pensais que vous m'aviez oubliée !
— Je n'oublie jamais les jolies filles.
— La preuve que si !
— La preuve que non.

Elle n'est plus à une folie près. Le breuvage rubis de son voisin lui ressuscite le souvenir d'un apéritif qu'appréciait sa mère autrefois.

– Je me demandais… un *Guignolet Kirsch*, vous connaissez ?

– Vous désirs sont des ordres.

Ces plaisanteries de dragueur ne la détournent pas de sa quête, aussi magique ou cocasse qu'une élucubration d'Agatha Christie. À ses laborieuses fonctions d'ancienne étudiante et d'aide soignante de son père, elle préfère déjà le destin de l'aventurière qui se prépare à se perdre et à ouvrir à coups de plume une sente dans la jungle de l'inconnu, de *l'insu*, elle a déjà ses coquetteries de vocabulaire. Les logiciels de recherche de son *smartphone* jouent les complices. Il n'y a dans le département qu'une Irène Marsan qui habite bien à Sainte-Marguerite, la bourgade dont relève ce *Café des Pins*. Elle pourrait téléphoner, bien sûr, mais le plaisir du suspense, la jouissance de l'incertitude, l'emportent. Quelques péripéties supplémentaires pourraient donner du prix à l'épilogue ? Voyons d'abord.

Deux heures plus tard, dissimulée derrière les vitres sombres de sa voiture discrètement garée, elle observe une petite maison typique du pays : minuscule, blanche, avec des volets bleus, au fond d'une composition de buis et de graviers que borde des deux côtés une haie d'hortensias. « Un jardin zen » a murmuré la curieuse en cherchant l'approbation d'une pie assortie au petit drapeau *gwenn-ha-du*, noir et blanc, qui pend à la poignée de la porte. Le bâtiment, qui ne mérite guère ce nom, est l'un de ces logis réduit à deux pièces que la population bretonnante locale appelle un *penn-ti*, paradoxalement une « maison principale ». Des familles misérables de pêcheurs ou de goémoniers y entassaient autrefois jusqu'à une douzaine d'enfants, avant que de puissants aspirateurs ne remplacent les faucilles des moissonneurs d'algues et que les poissons n'émigrent vers des mers moins pillées. Le plus souvent, des bobos écologistes ont pris le relais pour faire de ces gîtes de poupées leur résidence d'été. Autres temps, autre planète, autre humanité.

Pas d'habitante visible. Elle reviendra. Elle revient dès le lendemain en joggant et s'arrête calmer son cœur en simulant quelques mouvements de *Qi Gong* derrière le gros chêne qui ombre une petite place de l'autre côté de la rue. C'est que cette fois la scène est complète, l'actrice est en place. Dans le jardin de la maisonnette, une jeune femme, assise sur un banc de pierre devant la porte entrouverte offre au soleil son visage redressé : Irène Marsan, à coup sûr. Sa silhouette, sa coiffure sont effectivement familières, mais il est difficile à distance d'apprécier la courbure du nez, le grain de la peau, le renflement des seins. La couleur des yeux encore plus car la figurante porte des verres sombres semblables à ceux de l'observatrice.

Cinq fois, dix fois, Lise revient jouer les espionnes sans se décider ni à téléphoner ni à franchir le portail.

Elle redoute le voile de banalité dont une solution pourrait ternir l'énigme. Le mystère vaut mieux, il est riche d'épisodes possibles. Une pesanteur complice retient le corps, les jambes de la voyeuse ; son esprit, sa raison. Elle se demande même en souriant si ce n'est pas pour se couvrir de sueur et se rendre imprésentable qu'elle augmente la violence de ses joggings : elle n'emporte pas de douche ni de matériel de maquillage quand elle court ! Au demeurant, comment s'habillerait-elle ? en short et tee-shirt ? en jupe et corsage ? en robe de cocktail ? Elle n'en a pas. Quand il fait beau, ladite Irène est souvent présente, toujours assise immobile, sans livre ni revue. Il lui arrive de faire quelques pas dans le jardin, mais sans jamais se courber vers les plantes. Elle doit employer quelqu'un pour que les allées et les massifs nains soient si nets. Un matin elle apparaît bien avec une fleur à la main, une jonquille peut-être, mais elle la tenait déjà en sortant de la maison. Elle la porte à son visage, et Lise, bouleversée, sent le parfum lui enfler les narines. Les sensations passent le miroir, comme dans les contes fantastiques.

Une anecdote excitante serait le retour du Chinois qui les a confondues quelques semaines plus tôt. Il doit lui arriver de rendre visite à celle qu'il connaît si bien ? Il marcherait la tête baissée, paraîtrait préoccupé ou submergé de désir. Est-ce qu'ils font l'amour ? Il serait alors amusant que Lise se cogne à lui sur le trottoir, en feignant l'inadvertance. Il ne parviendrait pas à démêler la raison du trouble qui ne pourrait manquer de l'envahir. En découvrant le visage de Lise à la porte d'Irène, le visage de *l'une* à la porte de *l'autre*, il sentirait sur ses épaules le filet d'un sort, sous son front le vertige d'une coïncidence inexpliquée.

Pas de Chinois. Un figurant apparaît, mais ce n'est qu'un facteur peinant à introduire une publication de trop grande taille dans une fente du mur du jardin qui sert de boîte aux lettres.

– Donnez moi, propose Lise en s'approchant, je lui remettrai, c'est une amie.

– Je n'en ai pas le droit, fait le prestataire. C'est sans doute une publicité.

– Comme vous voudrez. Au revoir, Monsieur.

– Au revoir.

– Bonne journée !

Que le monde est décevant !

Le lendemain Irène apparaît le visage toujours masqué par des lunettes sombres, appuyée sur une canne qui, de loin, paraît blanche.

Tract

Les premiers textes que les humains ont ajoutés au monde et arrachés à l'érosion du Temps ont été des fictions : l'épopée de *Gilgamesh, le Mahâbhârata, l'Iliade, l'Odyssée, l'Énéide...* Même les exposés revendiquant l'abri de la raison ont pris volontiers la forme de fables ou de scènes : tels les *Dialogues* de Platon. Après quelques millénaires, nombreux sont les *récits* inoubliables, qui brillent comme des solitaires à l'étal des cultures humaines.

Mais les savoirs ont mené leur travail de sape et veulent une reconnaissance de leurs acquis. Cent ans après Darwin, Heisenberg et James Joyce, flotte désormais l'idée que l'essence de la vie ne peut être pleinement rendue par une seule intrigue romanesque ; ni, à l'inverse, par un accolement d'articles ou de contes disparates. Unité et diversité vont de pair. L'univers entier ne connaît qu'une centaine d'atomes. D'innombrables êtres vivent et grouillent, mais toutes leurs molécules sont lévogyres. Les mêmes protéines s'ébattent dans la plus primitive des bactéries et dans le cerveau d'Einstein. Il y a des échos, qui deviennent des coïncidences sous la plume des poètes et des auteurs de polars. Des rhizomes naissent et se nouent. Le réel a l'allure d'un ensemble d'histoires séparées et néanmoins entrelacées.

Alter alter

C'est l'histoire d'une jeune fille, appelons-la Lise, qui aurait pu se dérouler autrement. L'obtention d'une licence a allégé le poids que lui valaient ses études universitaires. Elle ne sait pas encore si elle va les poursuivre vers quelque master ou explorer déjà le marché du travail. Cette vacance lui autorise enfin un essai de fiction littéraire prévu de longue date, mais toujours reporté. Or, l'aventure se révèle délicate. Plusieurs versions se chevauchent, luttant pour s'imposer aux neurones de la romancière et aux rencontres de son héroïne.

Après son dernier cours, la rêveuse est venue se reposer sur la terrasse d'un café en bord de mer. C'est le moment que choisit la Fortune pour enlever son bandeau. Un passant aux traits asiatiques surgit et disparaît après avoir lancé une formidable énigme. Un Japonais plutôt qu'un Chinois, la cinématographie des Nippons est plus riche que celle des enfants de Mao. Dans leurs films pornos souvent sanglants, ce sont plutôt les mâles qui souffrent, percés d'épingles, émasculés par des geishas raffinées, aussi impeccables nues que vêtues de leurs tenues traditionnelles.

La suite n'appartient qu'aux dieux et à la créatrice. Sans doute son projet est-il encore trop autobiographique, mais n'est-ce pas permis pour une première œuvre ? Autrefois, la forme épistolière était prisée des auteurs. Aujourd'hui, on peut rapporter un coup de téléphone.

— Bonjour, je voudrais parler à Irène Marsan s'il vous plaît.

— Qui la demande ?

— Elle ne me connaît pas, mais j'ai une raison personnelle de vouloir la joindre.

— Je vous écoute.

— Une raison très spéciale.

— Dites toujours.

— Je préférerais lui parler. Mon nom est Lise Versois, vous n'avez rien à craindre, vous avez mon numéro de téléphone sous les yeux.

— Croyez-vous ?

— Nous sommes presque voisines si j'en crois l'annuaire.

— Je suis Irène Marsan.

— Ah ! bonjour.

—Qu'est-ce qui vous amène, mademoiselle Lise ?

— Rien de grave, mais c'est suffisamment bizarre pour m'empêcher de dormir.

— Bigre !

— Quelqu'un m'a prise pour vous, m'a regardé dans les

yeux et m'a lancé en passant un « Bonjour Irène Marsan ! » auquel, pétrifiée de surprise, je n'ai pas repliqué. Je n'étais pas sûre de l'orthographe, mais j'avais bien entendu. Ma demande est très simple : j'aimerais vous voir pour contempler cet autre moi. On dit « mon *alter ego* », je crois ? Je n'ai pas fait de latin.

– Il faudrait que ce désir soit réciproque.

– Eh bien ?

– Vous me troublez. Je ne devrais pas céder si vite, j'ai un peu l'impression de m'entendre en vous écoutant.

– L'homme qui nous a confondues doit vous être très proche. Après vous avoir salué en ma personne, il a rappelé à l'ami qui l'accompagnait que vous étiez cette fille dont il lui avait parlé.

– En voilà une histoire ! Il me manque des données. Reprenez au début.

– J'étais au Café des Pins, à Sainte-Marguerite. Je dormais à demi, je sortais de la Fac après ma dernière journée de cours, et j'avais eu envie de voir la mer, de respirer de l'iode. C'était ma première journée de vacances ; aussi de vacance sans « s ». J'étais vide, disponible, sans doute, pour ce coup de théâtre.

– Qu'est-ce que vous faites ?

– LEA, *Langues étrangères appliquées*, mâtinées d'un peu de gestion.

– Du *business*.

– Un jour peut-être.

– Quelles langues, si ce n'est du latin ?

– Anglais, japonais.

– Courageuse, la demoiselle. *Konnichiwa !*

– Si vous parlez japonais vous aussi, je craque ! Les coïncidences me donnent le vertige.

– Je ne connais que ce mot-là. Et *sayonara* tout de même, qui traîne partout. J'ai un ami nippon.

– Eh bien c'est lui qui vous a reconnue derrière mes lunettes noires ! Sur le moment, pendant une seconde, je me suis demandé si je devais prendre l'impair de cet inquiétant *kami* pour un diplôme de fin d'études. Une sorte d'adieu à mon adolescence et d'ouverture de la suite. Les kamis sont des esprits *shintô* dont la foule innombrable nous enserre.

– Je sais.

– Certains peuvent avoir forme humaine. Le deuxième homme était européen. Ils sont passés en bavardant et n'ont même pas jugé utile de s'arrêter. Ils étaient certains de votre bienveillance.

– De la vôtre, par délégation.

– Je n'ai pas réagi, je ne savais pas si c'était une farce ou un piège. L'interpellation m'avait réveillée, mais un reste d'engourdissement lui a donné l'allure d'un sort qu'on me jetait. J'ai eu l'impression de sortir d'un coma, d'une amnésie prolongée. Il fallait que je me rappelle qui j'étais : moi-même ou une autre ? J'ai regardé autour de moi, personne n'avait bronché. J'ai dû sourire sans doute, ce que les deux lascars ont pu prendre pour un acquiescement, mais déjà ils s'étaient éloignés. J'ai entendu le yakuza ajouter : « … cette fille dont je t'ai parlé. »

– Samouraï, c'est plus élégant. Les yakuzas sont des tueurs maffieux.

– Vous avez raison.

– Ainsi, il parle de moi à je ne sais qui ? Il m'en rendra compte !

– Plaignez-vous, il vous tresse des lauriers ! L'autre s'est retourné après l'avoir entendu et m'a encore lancé avant de disparaître : « Bravo pour votre courage ! » D'où ma question : qu'est-ce qui vous vaut cette admiration ?

– Eh bien, vous le leur demanderez ?

– C'est vous que je voudrais rencontrer. C'est possible ?

– Venez.

La maison est typique du pays : minuscule, blanche, avec des volets bleus, etc. Une douzaine d'enfants, les faucilles des moissonneurs d'algues, des bobos écologistes. Assise sur un banc de pierre, ladite Irène attend sa visiteuse qui prend le temps de l'observer, dissimulée derrière les vitres sombres de sa voiture discrètement garée. Leurs silhouettes, leurs coiffures sont en effet semblables, mais il est difficile à distance de comparer la courbure des deux nez, le grain des peaux, le renflement des seins ; la couleur des yeux encore plus, car la figurante porte des verres sombres semblables à ceux de l'observatrice.

Bruit de la portière qui s'ouvre, de quelques pas dans la rue, gémissement du portail du jardin. Une fente dans le mur extérieur alimente une boîte aux lettres accrochée au verso.

— Bonjour ! Vous avez du courrier. Je vous le monte ?

— Faites !

Les graviers crissent.

— Excusez mon retard, j'ai fait un long jogging ce matin, j'ai dû me reposer.

— Je commençais à me demander si vous n'étiez pas une plaisanterie. Alors ? lance d'emblée l'hôtesse à la visiteuse pour susciter un premier commentaire sur leur ressemblance.

— Je ne sais pas encore. À votre avis ?

— Si j'en juge par nos voix nous n'avons pas tout à fait le même âge.

— Par nos voix ?

— Si vous étiez venue plus tôt, nous aurions demandé son avis à Machiko. Maintenant il est quelque part au-dessus de l'Asie, à trente-trois mille pieds !

— Le Japonais fautif ?

— Auquel nous devons cette rencontre.

— Qu'est-ce qu'il faisait en Bretagne ?

— Je vous le donne en mille ! Il comparait le breton et le japonais. Je ne sais plus ce qu'il m'a raconté ; que les deux langues s'amusent à modifier les consonnes d'attaque des mots, comme si une *table* pouvait à l'occasion devenir du *sable* ou une *fable*…

— … ou une Lise une Irène ? Je crois que de telles curiosités se rencontrent aussi dans des idiomes africains, chez les Peuls notamment.

– La planète est petite. Les dictionnaires, au moins, s'en trouvent ébranlés puisqu'on ne peut plus y chercher un mot par sa première lettre.

– Telles sont donc nos premières ressemblances : prétention et bouffonnerie !

Les deux philosophes improvisées s'esclaffent. Difficile, en revanche, pour la romancière, de savoir si se dévoile dans ce premier échange des aspects inconnus de l'intrigue. Des indices fleurissent, des martingales s'installent. Est-ce que quelque nécessité relie les deux gamins qui parlaient breton sur la terrasse du Café des Pins au passage de ce Machiko ? À voir.

Les deux partenaires entrent, s'assoient face à face dans des fauteuils trop grands pour le petit salon, de part et d'autre d'un guéridon sur lequel attendent des crêpes dentelles et un service à thé comme si la rencontre était prévue. On dirait une scène d'une pièce de boulevard dont le décorateur réutiliserait, pour chaque nouveau spectacle, les restes des précédents. Irène reste mysté-rieuse derrière ses verres foncés. Et Lise de reprendre le récit du moment où leurs deux silhouettes se sont trouvées superposées. Elle jouissait d'un désœuvrement radical au terme de stressantes années d'études, sans trop s'inquiéter pourtant du manque qui lui creusait la poitrine. Même la table du Café des Pins devant elle était vide, aucune consommation ne lui avait encore été proposée.

– Je vous ennuie ? J'ai déjà écrit toutes ces phrases. Elles me sont venues à l'esprit alors que je cherchais à cerner les circonstances de ce coup de théâtre, peut-être aussi pour préparer le récit que je vous en ferais. Vous l'entendez pour la première fois, mais moi je me noie dans les redondances.

– Vous parlez en effet comme on écrit. Vous avez répété ce discours devant un miroir ?

– Un peu, je le confesse. Vous me faisiez peur.

– Devant votre psyché alors, ce sera plus joli.

– Du coup, pour délacer la camisole de ces redites, je fais une expérience qui m'oblige à une impudeur éprouvante. Je cherche à vous proposer des bribes de pensées toutes neuves, antérieures à tout formatage… Pour voir si vous les reconnaissez, si elles pourraient être les vôtres. Pour mesurer jusqu'à quel point nous coïncidons.

– C'est bien compliqué. Reprenez plus simplement. À Sainte-Marguerite.

– J'étais à la surface d'une planète inconnue, dans une sorte de lumière indistincte ou d'ombre, enracinée dans un passé glissant, sans prise sur un présent illisible.

– Un passé glissant ?

– Comme les mains de mon père dans celles du docteur Alzheimer. Je fais ce cauchemar récurrent. Je ne suis pas qu'étudiante, je suis aussi l'infirmière et la compagne d'un malade très proche, d'un autre double en somme, qui s'éloigne toujours davantage vers des horizons inconnus. Les nuages s'assombrissent. La cécité me gagne.

— Ne dites pas cela. Vous vivez avec lui ?

— Nous survivons ensemble. Si on m'avait dit que pendant mes deux années de master je devrais chaque après-midi penser au menu du dîner et à ceux du lendemain, faire les courses nécessaires, prévoir lessive et repassage…

— Revenez dans ce café, le garçon va bien finir par s'intéresser à vous, vous choisirez une boisson alcoolisée qui vous fera délicieusement tourner la tête…

— Vous ne croyez pas si bien dire. Pour contrer ces menaces d'amnésie qui me faisaient souffrir, je me suis entendue commander une bizarrerie remontée de mon enfance, que je n'avais jamais goûtée : un *Guignolet Kirsch* !

— Ils n'en avaient pas ?

— On me l'a servi. C'était bon. J'étais là, et j'étais hors du monde. Comme mon père assis sans avenir dans son fauteuil pendant des heures.

— Laissez.

— Ou bien le décor lui-même s'était évaporé. Il n'y avait plus de séparation entre le vide intérieur et l'extérieur, entre un passé gommé et la page encore blanche du futur, je ne sais pas, c'est difficile. Les autres consommateurs m'apparaissaient à la fois comme d'anciens autochtones, comme de lointains étrangers et comme des extraterrestres récemment débarqués de leurs soucoupes futuristes. Je communiquais en silence avec des brins de lichens auxquels le vent chuchotait des secrets. Seule menaçait cette paix somptueuse et terrible la perspective de devoir un jour prendre une décision, de décider de ma vie, d'accueillir une vraie nouveauté et non le simple souvenir d'un vieil apéritif.

– Vous étiez déjà ivre !

– Je crois que je souriais, je devais avoir l'air d'une folle un peu simplette.

– C'est pourquoi on vous a prise pour moi !

– Encore fallait-il que surgît l'aveugle japonais.

– Pourquoi « aveugle » ?

– Parce qu'il s'est trompé.

– À votre avis, les aveugles se trompent ?

– Pas toujours, bien sûr. Quand ils se prétendent physionomistes.

Lise répond à quelques nouvelles questions sur ses études et sur sa vie. L'année qui vient, elle devra faire un stage dans un pays étranger, elle n'a pas encore décidé lequel. Il ne lui sera pas trop difficile de transporter ailleurs sa solitude. Elle n'a ni frères ni sœurs. Elle a perdu sa mère, il y a bien longtemps déjà, victime d'un accident de la route avec incendie des voitures.

– Affreux.

Pour dissiper l'angoisse que lui vaut ce mensonge inutile, elle le fait suivre d'un récit des premiers oublis de son père, au début de son déclin, sur le ton d'une histoire drôle : où avait-il posé sa montre, où l'avait-on cachée ? quel était son douzième prénom ? qui avait mis ses chaussons dans le réfrigérateur ? Il était impossible de ne pas rire de ces incongruités qui annonçaient pourtant la tragédie. Un reste de lucidité a visité le malade *in extremis*, et il a retenu lui-même une place dans un établissement médicalisé où, un jour, « on s'occupera mieux de lui que dans ce désert ».

– Que faisait-il ?

– C'était un génie à sa façon. Il avait inventé un système très simple de classement des feuilles et dossiers, qu'il avait eu la bonne idée de couvrir par un brevet. Il a ensuite organisé lui-même la production des boîtes, des agrafes et des intercalaires nécessaires. Un nombre considérable de secrétariats utilisent encore aujourd'hui son bébé dans le monde entier.

– Vous êtes riche.

– Je ne sais trop ce qu'il me restera de ces royalties après le décès de l'Einstein de l'archivage. À vous ! Racontez-moi ce que vous faites.

– Rien du tout.

Ce refus imprévu pétrifie de surprise la questionneuse évincée, lui coupe la respiration. Elle flotte, l'espace se dérobe jusque dans son corsage, son jean, ses chaussures. La chaleur qui l'inonde doit lui valoir une vive rougeur aux joues.

– Vous ne faites rien, ou vous ne me dites rien ?

– Au choix. C'est mon secret, puisque vous ne le devinez pas. Vous en avez peut-être, vous aussi ?

– Quoi donc ?

– Des secrets.

– Je ne sais pas. Oui. Plutôt non. J'aimerais bien.

Irène a avancé vers le visage de Lise une main qui

tremble légèrement. Elle lui touche la joue, descend sur les lèvres qu'elle décrit du bout des doigts, hésite à pénétrer sous le bord du corsage, choisit finalement d'effleurer du dos de la main à travers le tissu les tétons dressés.

— La même peau, murmure-t-elle.

— S'il vous plaît, supplie Lise, ôtez vos lunettes un instant, je voudrais voir vos yeux et les comparer aux miens. Ils ne sont peut-être pas de la même couleur ? Voilà qui changerait tout !

Irène secoue la tête.

— Non. C'est le secret. Vous voulez l'impossible.

— Je ne vois pas.

— Moi non plus. Rien. Depuis ma naissance.

— Que dites-vous… ?

— Je ne sais pas ce que vous appelez *voir*.

— Sotte que je suis ! Comment aurais-je pu le deviner ? Vous vous déplacez si naturellement !

— C'est ma nature en effet.

— Irène, me pardonnerez-vous jamais ? Nous étions plus semblables encore que ces deux images dans le regard de votre ami japonais. Reprenez la description que je vous ai faite de mon état d'esprit ce fameux après-midi à la terrasse du Café des Pins ?

— Je m'en souviens, Lise.

— J'étais égarée. Avec la mémoire de mon père s'effaçaient mon origine et l'avenir aussi bien. Je n'avais pas idée des études, de la profession, des amours qui m'attendaient. L'horizon ne se dévoilait pas.

– Ne recommencez pas.

– Je ne voyais plus ma vie.

– Eh bien ?

– C'est cette cécité que votre ami japonais a distinguée ! Aidé par quelque kami, il a deviné une aveugle. Il a dit : « bonjour Irène Marsan ! »

Irène a posé la main sur celle de Lise. Le geste vaut pour un adieu ou pour un sort.

Vade retro

Bonjour mon Père. Je ne sais plus trop si je suis content de vous rencontrer. Je ne vous vois pas bien à travers la grille du confessionnal, mais peut-être c'est-t'y mieux comme ça ? Vous êtes mon Bon Dieu, pour ainsi dire, et je ne crois pas que personne l'ait jamais vu en face, celui-là, même Bernadette Soubirous ou Yvon Nicolazic. Il envoie à sa place sa femme ou sa belle-mère ! Je parle mal, mais maintenant je suis vieux, je ne crains plus personne. Je reçois gentiment les gens qui demandent de l'aide, c'est tout, vous avez vu l'autre jour, la salle d'attente était pleine. Quand un de vos collègues était venu me voir la première fois, c'était une autre affaire, je n'avais que huit ans, ma mère en était devenue folle ! L'exorciste de l'archevêché dans sa cuisine ! Son petit garçon possédé du démon !

Moi, je n'avais rien demandé, je préférais jouer avec mes copains ou aller à l'école que m'occuper des vaches, même si je les ai toujours aimées. Elles me connaissent, je les caresse, je leur parle, et elles me regardent. Les gens ne savent pas comme elles sont gentilles, les vaches, elles ne comprennent pas la méchanceté. Je crois qu'elles préfèrent les enfants. Si notre valet avait tenu sa langue, rien de tout cela ne serait arrivé. Remarquez qu'on ne sait jamais : qu'est-ce qui ce serait passé si ça ne s'était pas passé ? Je m'embrouille. Oui, ici, on dit *valet* pour un ouvrier qui vit à la ferme avec la famille, n'allez pas croire qu'il soit vêtu comme ceux qui s'occupent des rois ! Ce sont des miséreux, maintenant ils ont une chambre ou bien ils dorment au grenier, mais autrefois c'était dans la paille avec les animaux. Vous n'êtes pas du pays peut-être ? ça ne fait rien, j'ai du respect, mon Père. Donc, l'une de nos vaches avait eu des verrues sur un pis, et puis elles avaient disparu. Notre valet avait dit à quelqu'un que c'était parce que j'avais fait la traite, ça m'avait fait rire, il était un peu simple, notre Julien. Mais deux jours plus tard un voisin était venu me voir en cachette et m'avait demandé de l'accompagner parce qu'il avait, soi-disant, un cadeau pour moi. C'était bizarre, on était loin de la Noël et de mon anniversaire, mais le bonhomme était un ami de mes parents qui l'invitaient souvent et en disaient du bien. En fait, il m'a entraîné dans son étable. Deux de ses vaches avaient aussi des verrues ! J'ai voulu m'enfuir, mais il m'a tenu par mon sarrau, et il s'est mis à genoux devant moi. J'étais mort de peur, il a bredouillé une prière dont je ne me souviens plus, il a crié au diable de reculer, et il m'a demandé de toucher simplement les pis des animaux. Il était rouge comme tout ! il avait l'air malheureux. J'étais bien obligé de faire comme il voulait ? Et en vérité j'ai eu l'impression que ses vaches à lui aussi aimaient ma main. Toujours est-il que ces verrues-là sont parties comme les autres ! Et cette fois on a parlé de « miracle », l'histoire a fait le tour du pays. Il y a eu un article dans le journal, puis d'autres jusqu'à Paris m'a-t-on dit, et des dizaines de gens ont débarqué dans notre cour en demandant à voir « le petit saint ». C'était l'embouteillage, pire que maintenant. Un type s'est même mis tout nu avec son machin dressé en demandant que je lui rende l'amour de sa femme ! Ça ne pouvait pas durer, ma mère a fait barrage, et votre collègue de Nantes est venu. Je vous préviens d'avance que je ne recommencerai pas toutes les simagrées qu'il m'a fait faire. Je suis trop vieux après cinquante ans, soixante même, pour m'allonger à minuit sur les dalles de pierre de la cathédrale…

Oui, je vais continuer, mon Père, je souffle une minute et je repars, maintenant je parle à tout le monde, aux exorcistes et même aux Chinois ! je vous raconterai. Ce qui s'est passé, c'est qu'on m'a mis en pension, d'abord la petite école et puis après le collège, le curé et l'instituteur se sont disputés pour savoir lequel, finalement mes parents ont choisi Saint-Gildas. C'était loin, mais c'était justement ce qu'on voulait, m'enlever du pays. Dix ans après, vous pensez, tout le monde avait oublié les verrues sur les pis des vaches, je n'étais plus l'enfant du diable. D'ailleurs, lui non plus, je ne l'ai jamais vu, mes yeux ont baissé, mais avant ils étaient bons ! J'ai fait mon service militaire et je me suis marié. J'ai eu deux garçons, une fille, et maintenant j'ai sept petits-enfants, tous baptisés et bons chrétiens !

Oui, j'y viens. Ça s'est passé l'année de mes cinquante ans. Ma mère venait de décéder, c'est peut-être ça qui a remis en marche la mémoire d'une femme qui l'avait connue. Le lendemain de l'enterrement elle est venue me trouver avec sa petite-fille toute pâle qui avait du mal à respirer, elle s'est mise à pleurer et elle m'a dit que la gosse allait mourir si je ne m'occupais pas d'elle, elle avait la mucoviscidose ou la leucémie, je ne sais même plus. Je lui ai répondu qu'elle se trompait, j'ai voulu lui tourner le dos, mais j'ai eu honte en croisant le regard de la gamine qui ne demandait rien. Elle était mignonne comme tout, et elle avait l'air de souffrir. Est-ce qu'elle allait mourir à cause de moi ? La grand-mère avait sorti de son sac le journal de l'époque où il y avait ma photo ! J'ai encore dit que de toute façon, si j'avais du pouvoir et même si j'en avais jamais eu, je ne savais pas quoi faire. « Touchez-la », m'a dit la bonne femme. Alors, autant pour me débarrasser de cette folle que pour aider l'enfant, tout de même qu'est-ce que j'en savais ? je l'ai caressée sur la nuque en priant saint Gildas et Édiltrude, c'est une sainte de par ici.

Vous connaissez la suite, on en a suffisamment parlé dans les journaux et à la télé. Un mois plus tard, la grand-mère est revenue avec une fillette resplendissante de santé, elle était guérie, les médecins n'avaient jamais vu ça ! Et la queue a commencé, des voitures et des voitures, on a mis toutes les chaises de la maison dans la salle à manger et même deux bancs dans la cour… Oui, c'est vrai, les gens donnent de l'argent, mais ce qu'il veulent, moi je ne charge pas. C'est ce que j'ai expliqué au méchant des impôts qui est venu m'embêter. Il ne m'a pas lâché d'ailleurs, maintenant je leur donne un chèque tous les ans pour avoir la paix.

Il paraît, oui, que ça fait du bien à certains, c'est ce qu'ils disent, je ne suis pas à leur place ? L'autre jour, on m'a raconté mieux. Ou pire. Un homme voulait venir avec son fils qui avait précisément des verrues sur les mains, comme les premières vaches ! Il a téléphoné pour connaître les heures, ma femme lui a dit qu'on ne donnait pas de rendez-vous, il venait quand il voulait et il prenait son tour, mais qu'il valait mieux attendre la fin des vacances, il y aurait moins de monde. Et puis une semaine plus tard il a rappelé pour dire que ce n'était plus la peine, que les verrues avaient disparu trois jours après son premier coup de fil… Ça, c'est vraiment formidable, non ? Plus besoin de venir ! On décide seulement qu'on va aller voir le vieux Gustave, et puis pfft ! plus rien !

Je ne sais pas moi-même, mon Père, mais d'autres y croient, et des gens importants, c'est la dernière chose que je veux vous raconter. L'année dernière, l'aîné de mes petits-fils avait vu à la télévision un grand professeur chinois de Shanghai qui avait l'air de faire des choses un peu comme les miennes. Même plus incroyables encore. En blouse blanche, il allumait des bâtonnets d'encens, il tendait les mains vers un patient couché à trois mètres de lui, et le malade se mettait à trembler, peut-être même à flotter au-dessus du lit, mais ça je ne l'ai pas vu.

Oui, on y est allés ! à Shanghai ! Mon petit-fils a réussi à joindre le professeur Hu au téléphone, et tout de suite on a eu les visas. On a passé trois jours avec lui, reçus comme des princes, j'ai soigné plusieurs de ses clients dans le grand hôpital, et une femme de chambre en cachette à l'hôtel. Kevin parlait anglais et traduisait mon français. Ou mon patois. Il est question que M. Hu vienne jusqu'ici l'année prochaine. Je l'emmènerai voir la fontaine de sainte Édiltrude. Je ne sais pas s'il aimerait rencontrer un exorciste comme vous. Vous voulez que je lui demande ?

Pattes-d'oie

Lundi xx février 20xx. Tempête. Premier croissant.
Cette nuit, j'ai taché mon drap comme chaque mois. Je
déteste trop les tampons pour m'obliger à en porter avant
que l'écoulement ait commencé. Je suis une fille ouverte.
Je sentais aussi un léger chatouillis sur la fesse qui
pouvait annoncer l'éclosion d'un herpès. Je ne sais pas
s'il y a un rapport entre les deux événements. Le monde
et nos corps sont des pelotes embrouillées de raisons.

Avant de me réveiller, j'ai rêvé d'explosions
stellaires : pas tout à fait celle du *Big Bang* tout de même,
je ne voulais pas tout recommencer, risquer de me
retrouver avec un jardin, deux arbres, un serpent, un
couple de menteurs et leurs enfants querelleurs. Il
s'agissait plutôt de la fin d'une *supernova*, de l'un de ces
feux d'artifices apocalyptiques qu'ont pu observer de jour
comme de nuit quelques veinards : les Chinois en 1054,
Tycho Brahé en 1572 et Kepler en 1604. Curieusement,
si j'en crois *Wikipédia*, le brasier titanesque finit par
s'éteindre à l'inverse sous la forme d'un trou noir qui
creuse l'espace-temps. Comme rien ne peut sortir d'un tel

astre monstrueux – c'est drôle de parler d'astre pour un trou – ni particules, ni ondes, ni connaissances, des physiciens poètes ont imaginé qu'il pourrait bien être à l'opposé une porte ouvrant sur d'autres mondes, sur d'autres avenirs. Hélas, je ne peux plus faire de l'étoile de mon rêve celle des Rois Mages annonçant la naissance d'un Sauveur, car Arthur C. Clarke a déjà eu cette idée magnifique. Je vais m'en tenir à mon migrant de Guingamp, à mes comploteurs nancéens, mon Japonais myope, mon clone aveugle, mon sorcier de village, en prévoyant de leur adjoindre quelques autres quidams encore à l'état de fœtus.

Le premier n'est autre que mon propre père qui a fait carrière comme inspecteur de police et qui précisément m'a souvent raconté des enquêtes dont la divergence menaçait de le rendre fou. Les indices successifs, loin de clore leur réseau sous la forme d'une clef finale, menaient à d'autres énigmes dont les embranchements ne se refermaient jamais. Au demeurant, il m'a passé cette angoisse. Lorsque j'écris, je n'aime pas négliger une association d'idées, serait-elle des plus ténues ou des plus lointaines. Je craindrais de me censurer, de me priver d'une possible richesse. Mais je redoute autant de perdre mon récit dans des digressions touffues qui ne m'autoriseront plus de retour en arrière.

Les mathématiciens ont théorisé ces *pattes-d'oie* sous les noms de « points singuliers » ou même de *catastrophes* : ce sont des événements dont d'une part le passé est perdu, on n'y reviendra pas, et dont, d'autre part, il est impossible de prédire le futur. Un infime décalage dans les conditions initiales, et tout change. L'exemple le plus simple en est le destin d'une bille posée sur la pointe d'une aiguille rocheuse. Le moindre souffle de vent la poussera vers l'une ou l'autre des vallées environnantes, qu'elle ne remontera plus. Pour peu qu'on y réfléchisse, on aperçoit que le destin de l'univers et aussi bien celui de chacun d'entre nous sont truffés de telles bifurcations. Des erreurs dans la recopie des molécules d'ADN mènent à la naissance de nouveaux êtres, par nature imprévisibles. Il arrive qu'ils soient viables et qu'ils persistent : des aléas se sont imposés à la volonté de Dieu. Cette improbable saga est une merveilleuse histoire qui vaut bien celles de la Bible et autres « textes sacrés » ?

Revenons à mon paternel. Qu'y a-t-il de semblable à l'activité d'un détective sinon celle d'un scientifique ? L'un et l'autre sont des chercheurs, dont le but est en définitive de tenir en laisse, qui la nature et qui la société des hommes. Il est plaisant et juste que la langue ait réservé la même couleur noire aux romans policiers et à la matière inconnue que les physiciens ne parviennent pas à débusquer bien qu'elle compose plus des trois quarts de l'univers.

L'incident originel qui a si fortement marqué la personnalité de mon papa s'est déroulé à Ouessant. Il avait été mandé sur l'île pour identifier les donneurs d'ordre sud-américains d'un couple de petits trafiquants dont le voilier, poussé par une tempête d'ouest, avait fait naufrage au fond de la baie de Lampaul sous les yeux de toute la population convoquée sur la dune par la sirène d'alerte. Les deux piètres marins avaient été sauvés dans la nuit, tandis que leur chat, réfugié au sommet du mât, avait dû attendre l'aube et l'intervention d'un gamin du village, habile grimpeur. Déjà le bateau se disloquait, dispersant dans les vagues des sachets emplis d'une poudre blanche. Lorsque l'inspecteur parisien débarqua, l'affaire paraissait claire, les deux malfrats étaient au chaud dans la petite antenne locale de la gendarmerie du Conquet. Mais le commentaire ricanant d'un consommateur ivre, dans l'unique café de la commune, fit sursauter le policier qui vint s'attabler devant le trouble-fête. L'homme était en fait un réalisateur qu'une chaîne de télévision nationale avait envoyé faire le portrait de deux vieilles sœurs particulièrement pauvres pour émouvoir la nation pendant la veillée de Noël. En professionnel consciencieux le cinéaste avait voulu colorer sa séquence par l'évocation d'une tradition locale : en l'occurrence, une veillée mortuaire chantée devant une simple petite croix de bois, dite *de Proella,* lorsque les récifs et les vagues gardent le corps d'un naufragé. Au petit jour, on quitte en procession la maison du défunt pour aller confier la croix à un tronc, dans l'église du village. De nombreux habitants avaient refusé de se joindre à cette mascarade, le plus souvent en arguant de leur propre malheur passé : l'un de leurs fils était précisément mort en mer, et « il ne fallait pas jouer avec ça ». Mais quelques courageux avaient accepté. Ce fut donc entre un

De profundis et un *Dies iræ*, aux alentours de minuit, que retentit la sirène informant la communauté du naufrage en cours. L'enquêteur avait eu ensuite toute les peines du monde à recueillir des témoignages sur les événements de la soirée. Une omerta fantastique était tombée sur l'île. « Les guignols de la télé avaient joué avec le feu. » Je me souviens de notre échange, quelques mois plus tard, alors que nous évoquions en famille cette folle soirée :

– Les trafiquants venaient du Mexique, avait lâché mon père en préférant à une lointaine *tequila* un *chouchen* rapporté de son périple. Va-t'en savoir si quelque *Don Juan* de là-bas n'avait pas jeté un sort à distance sur ces *gringos* voleurs ou sur l'Occident tout entier !

– Un Don Juan ?

– Un vieux sorcier *yaqui* dont un universitaire américain a raconté les prodiges. Carlos Castaneda. Tu devrais lire ça.

– J'aurais plutôt pensé à une colère de Merlin irrité par cette fausse veillée mortuaire : l'outrage aux dieux celtes payé par un naufrage.

– La population t'aurait adoptée !

Mon père avait ensuite gardé de cette impressionnante séquence une obsession métaphysique qui avait fini par nourrir un dada. En bon rationaliste il tenait bien le monde pour donné, il se méfiait beaucoup des fausses explications avancées par les gourous de sectes suspectes, qu'il aimait appeler « des entourloupes ». Mais, une fois regroupé un ensemble d'indices qui paraissait peindre un paysage cohérent et dégager une explication logique, il se demandait désormais, non sans quelque angoisse, s'il n'avait rien oublié ; ou si les choses, le monde, le réel, auraient pu être différents. « Pour autant, ajoutait-il, il ne faut pas croire que tout soit possible. Le monde et le passé résistent. Le hasard ne repart pas de zéro, mais depuis le socle du présent avenu. Il n'était pas écrit que les dinosaures donneraient les oiseaux. Mais on peut assurer que jamais une mésange ne redonnera un iguanodon. » J'avais quelquefois du mal à le suivre. Le vertige qui le faisait chanceler était paradoxalement aggravé par une vive conscience de sa mission de fonctionnaire : garantir l'équilibre et la pérennité de la société. Néanmoins, insistait-il, « le pire, c'est quand la Nature s'en mêle ». Ainsi de la fameuse tempête d'Ouessant qui avait disloqué le bateau des trafiquants. Sans elle, rien ne se serait passé : ni leur arrestation, ni le malaise de la population devant une coïncidence inexplicable. Je l'ai entendu dix fois raconter le film *Le Hasard* de Krzysztof Kieslowski dans lequel sont dépeints trois destins différents d'un même étudiant dans la Pologne communiste, selon qu'il attrape ou non en courant un train dans une gare. S'il n'y parvient pas, rien ne change, il reste un marginal tenté par la démocratie et donc soupçonné par le pouvoir d'opinions subversives. S'il agrippe à temps la poignée de la porte, il rencontre à bord un affidé du Parti qui le retourne en *apparatchik* en lui faisant briller les délices d'une vie aisée. La dernière hypothèse, qu'il ait sauté ou non dans le train, le voit réussir ses études de médecine, devenir un brillant interne que son patron envoie un jour participer à un congrès en Libye. Mais y avait-il dans l'avion quelque responsable politique engagé dans une toute autre affaire ? L'appareil explose. Mauvaise pioche.

L'une de ses énigmes préférées lui remontait de son enfance. Vers ses dix ans, il avait eu les mains couvertes de verrues. Sa grand-mère pourtant bigote lui avait fait compter ses métastases, puis disposer le soir sur la route à l'entrée du village une enveloppe contenant autant de haricots, en assurant que le premier passant qui ramasserait le paquet diabolique emporterait aussi les verrues. Dans la semaine suivante, les mains du gamin étaient redevenues saines. Le plus important, ajoutait le conteur, n'était pas de se demander si le corps et l'inconscient de l'enfant avaient mobilisé des ressources suffisantes pour faire plaisir à l'aïeule : c'eût été de savoir si le ramasseur des haricots avait vu effectivement apparaître sur les siennes les protubérances maudites.

Alors que son esprit commençait peut-être à vaciller, il s'était alors mis à coller sur les murs de son bureau des feuilles portant des mots ou des phrases passablement énigmatiques. En entrant on avait l'impression que c'étaient des listes de courses ou des détails qu'il ne voulait pas oublier. Et puis, en s'attachant à les déchiffrer, on s'apercevait que c'étaient des citations d'auteurs connus ou non, qu'il prolongeait quelquefois par un bref commentaire. Je me souviens de deux d'entre elles.

L'une du poète Eugène Guillevic : « *Tu voudrais bien écrire autrement ; voir naître sous ta main, sous tes yeux, quelque forme qui ne te rappelle rien ; mais c'est en vain : tu es condamné.* » Et puis la plus mystérieuse, d'une prétendue voyante mêlée par l'un de ses clients, un homme politique d'audience nationale, à une affaire de corruption : « *Nous sommes les oubliés du Futur.* » Drôlement signée : « *Madame Irma (le nom a été changé).* »

Puis, il s'était lancé dans l'écriture de nouvelles policières fantastiques, posant à un enquêteur qui lui ressemblait beaucoup, d'insolubles énigmes. Comme celle du triple meurtre d'une victime tuée par la balle d'un sniper inconnu, écrasée au même moment par un camion fou et déjà préalablement irradiée par une dose de *polonium 210* retrouvée dans sa poche.

Le récit le plus touchant rappelait un peu au départ, avant de s'en séparer, le *1984* d'Orwell. Dans un monde très semblable au nôtre, des drogues mêlées à l'eau de consommation courante avaient éradiqué le rêve dans le corps et la vie des humains. Le souvenir même du phénomène avait fini par s'effacer. D'où la perplexité d'un inspecteur de police particulièrement discipliné et violent se réveillant un matin hanté et bouleversé par les traits d'une femme qui est venue le visiter pendant son sommeil. Il ne sait pas si l'apparition correspond à un personnage vivant, mais, si c'est le cas, il veut absolument la retrouver, car elle est son idéal de beauté. Chaque aube le trouve étourdi, émerveillé et confondu, le ventre mouillé par des pollutions nocturnes qu'il doit dissimuler à son homme de ménage. Le fonctionnaire modèle passe alors dans la clandestinité, transférant secrètement tous les moyens que lui autorisent ses maîtres à sa quête personnelle. Il présente mensongèrement son ectoplasme adoré comme un témoin dont il a perdu la trace, et il lance des escouades de collègues à sa poursuite. Il fait établir un portrait-robot qu'il diffuse auprès de toutes les préfectures du pays. À l'inverse, bien qu'il soit lui-même devenu un dissident masqué, pour ne négliger aucune source potentielle d'information, il continue de débusquer et de malmener sans pitié des réseaux qui ont gardé le souvenir des anciens rêves et tentent de maintenir cette capacité des hommes. Dans un infâme gourbi où se sont réfugiés des universitaires devenus fous, un ex-philosophe ou un biologiste lui lâche un jour que, « si nos rêves nous échappent, *puisqu'ils sont*, c'est que c'est l'univers qui s'exprime ».

Mon père n'a jamais voulu me raconter la fin de cette histoire avant de laisser les portes des troubles *Alzheimer* se refermer sur lui. Mais au terme d'une visite que je venais de lui rendre dans l'établissement de soins où sa vie se prolongeait, j'ai ramassé une feuille tombée de sa poche qui, une fois dépliée, a révélé un portrait griffonné très proche du visage de ma mère. Une note au bas du papier disait de surcroît : « commissariat de Toulouse ? » C'était la ville de naissance de Maman. J'en ai été retournée. J'ai réussi à taire mon indiscrétion pour ne pas violer le secret de mon amoureux de Papa, mais je me suis demandé si j'étais la fille d'un rêve…

Tristan(s)

Une fille devant une terrasse de café, face à la mer. Des groupes de surfeurs. Du sable, des bribes de goémons que le vent emporte. Une immensité bleue. On ne voit pas les poissons, les crevettes, les phoques, les dauphins, mais ils sont là. Quelques cadavres de migrants ont réussi à trouver la passe de Gibraltar. *On pourrait implanter mille histoires dans ce décor.*

La présente curieuse est venue en espérant retrouver un homme aux traits asiatiques qui, quelques jours plus tôt, l'a salué en passant d'un nom qui n'était pas le sien. Sur le moment elle n'a pas réagi, mais désormais ce troublant impair la taraude. Elle voudrait savoir si elle a dans les environs ou même quelque part dans le monde, *urbi et orbi*, une jumelle, un clone, un autre « moi ». L'inconnu n'est pas là, ce qui n'a rien d'étonnant car lors de l'incident originel il ne s'était pas arrêté non plus. Parmi les consommateurs, Lise ne reconnaît qu'un élégant vieillard qui, comme la première fois, s'est fait servir une boisson vermeille. Leurs regards se croisent, deux sourires s'échangent, elle vient s'asseoir. Elle dit :

— Je regardais les couleurs si tranchées de votre apéritif et de vos olives, et je me demandais si cette opposition se retrouvait dans les saveurs.

— C'est plutôt un mariage, les deux sont amers. Un mariage italien. Rouge et vert, n'est-ce pas ?

— Bien vu.

— Vous avez apprécié votre *Guignolet Kirsch* ?

— Vous avez bonne mémoire ! Permettez-moi alors de vous demander : vous vous souvenez de l'homme qui m'a interpellée l'autre jour ?

— Vraiment pas.

— Est-ce que vous connaissez un Japonais dans le pays ?

— Dans le pays, non. Ailleurs, un bon nombre.

Impossible de savoir ce que se racontent ces petits oiseaux à longues pattes qui se pressent de descendre vers l'eau chaque fois que le ressac la retire avant de courir de nouveau vers le haut de la plage pour éviter la vague suivante. Leurs pépiements tiennent-ils d'une conversation socratique ou de racontars de commères ? La nature ne se confie pas, elle va. Un mouvement de tête de son voisin arrache une nouvelle question à la spectatrice amusée.

— Ce sont des *huîtriers pies* n'est-ce pas ?

— Non, les pilleurs de coquillages sont plus grands, noir et blanc comme leur nom l'indique. Il faut être costaud pour forcer l'ouverture des moules et des coques !

— Celle des huîtres ?

— Plus rarement, ou celles qui béent imprudemment. Il

n'y en aurait sans doute que deux car ils vivent en couple. Ces petits gredins-ci qui distraient les oisifs comme nous, répartis en deux ou trois volées distinctes, sont des *bécasseaux sanderling*. Leur jeu de va-et-vient avec la mer est caractéristique.

— Leur multitude grouille, mais collectivement l'ensemble dessine une aile de géant qui plane sur la plage. Lorsqu'ils s'envolent tous ensemble dans la même direction ils paraissent mus par une conscience unique…

— … celle de leur dieu peut-être.

— D'où vient leur nom ? Je m'attendais à tomber sur un ornithologue, mais mon *iPhone* ne me propose qu'une famille de chefs d'orchestre. Un peu trop solennel pour des spécialistes en piaillements !

— Je crois que *sand* veut dire « sable » dans toutes les langues germaniques.

— Parfait.

— Puisque vous êtes revenue, je vais oser vous poser à mon tour une question personnelle que je n'ai pas oser formuler l'autre jour. Vos traits me rappellent ceux d'un ancien camarade que je n'ai pas revu depuis notre enfance commune, dans ce pays même.

— Dites toujours.

— Est-ce que le nom Versois vous évoque quelque chose ?

— C'est le mien. J'ai eu peur de vous entendre prononcer celui d'une inconnue, dont on m'a baptisée l'autre jour.

– Et Alexandre Versois ?

– C'est mon père.

– Venez plus près de moi. Garçon ! la demoiselle voudrait vous commander quelque chose.

– La même chose que vous cette fois.

– Comme vous le savez, ses désirs sont des ordres !

– Vous êtes têtu !

– Non, simplement amoureux !

– Lâchez-la donc un peu !

– Jamais !

– Et servez-la. Votre père est toujours au pays ?

– Toujours, et plus du tout. Il respire, il mange, il marche, il s'endort et se réveille. Mais pourtant il s'en est allé. Il ne se souvient plus de rien dans son cachot Alzheimer. Il ne parle presque plus.

– Ah ! nous étions si proches, j'ai un peu l'impression d'être moi-même menacé de disparition.

– Comment dois-je vous appeler ?

– *Moaze*, m-o-a-z-e, Joseph Moaze.

S'ouvrent enfin quelques pages d'un passé auquel Lise n'a guère eu accès. À l'entendre, l'homme a été le meilleur ami de son père dans leur enfance. Baignades en groupe, farces et bagarres, cueillettes de mûres. Pommes volées, oiseaux dénichés, colliers d'œufs vidés et enfilés…

– Petits monstres !

Des semaines de camping côte à côte, en culottes courtes et chaussettes montantes, chapeau à la Baden

Powell, foulard tenu par une bague de cuir.

– *Toujours tout droit les éclaireurs de France... En son prochain chacun d'eux a confiance, le sachant digne, ardent et travailleur !*

– Eh bien !

– *Le cœur conquis par une foi commune, l'âme grisée au souffle de l'espoir...* On dirait un cantique, n'est-ce pas ? mais c'était bien un hymne laïque.

De surcroît, ils aimaient tous les deux dessiner. Adolescents, jeunes adultes même, ils parcouraient quelquefois la campagne côte à côte, carnets de croquis et boîtes d'aquarelles à la main.

– Il peint toujours, dit Lise en posant la main sur le poignet de son nouvel ami. Ou plutôt il peignait jusqu'aux premières atteintes de son mal.

– Seuls les araignées de mon grenier connaissent encore mes chefs-d'œuvre !

– Vous me redonnez quelque espoir. Votre visage et votre voix, vos récits, vos dessins, vont peut-être parvenir à relancer la machine à souvenirs de Papa ?

– Je viendrai... si vous y tenez.

– Je préfère l'amener chez vous. Je cherche à le sortir un peu de son bunker trois étoiles. Vous imaginez les conversations entre malades qui n'ont plus d'autre mémoire qu'un trou noir ou un ballet de délires ? Où habitez-vous ?

– Sur le rivage de l'aber, au pied du *Bois brûlé*, vous connaissez ?

– Près du manoir ?

– Dans le manoir.

Vient ensuite le récit d'une période militaire commune des deux inséparables en Côte-d'Ivoire. Puis s'évapore une allusion gênée à une difficulté qui les a finalement séparés, confinant l'un dans sa fonction locale d'instituteur et multipliant les missions de l'autre dans les pays les plus divers afin d'y développer des réseaux d'électrification.

– Il a vite quitté l'enseignement. Après une licence de droit, il a passé un concours de l'Administration, il a choisi la police, et il est devenu inspecteur, bientôt commissaire.

– Je ne savais pas.

– « Une difficulté », avez-vous dit ?…

– Laissez.

– … qui pourrait être elle aussi une clé pour ouvrir la prison de Papa ?

– Alors, donnez-moi d'abord des nouvelles de madame votre mère.

– C'est pire.

– Vous me faites peur.

– Personne n'a jamais rien compris à sa disparition qui a fini par être classée comme suicide sur la foi d'un billet qu'elle avait laissé en partant. J'avais douze ans.

– Horreur ! pauvre enfant ! Pauvre femme peut-être ?

– Je lui en veux toujours de m'avoir abandonnée et de m'avoir laissée muette. Pendant toute mon adolescence, je n'ai pas pu raconter ce désastre, presque ce meurtre dont j'avais été la victime. J'ai inventé des scénarios plus fous les uns que les autres ; qu'elle avait eu un accident de voiture qui s'était terminé en holocauste... On m'a plainte, mais j'ai autant détesté ces mensonges que la vérité.

– Que disait sa lettre d'adieu ?

– Qu'elle voulait signer à son tour une dernière œuvre d'art... Peut-on encore parler d'humour ? Une simple évaporation, sans mort nécessaire, aurait déjà été une belle *performance*. Je ne lui ai pas encore pardonné.

– Je reconnais son élégance et sa cruauté... Pardonnez-moi, ces larmes qui sans doute vous étonnent témoignent d'une peine de cinquante ans, presque d'une vie gâchée, je veux bien dire de la mienne cette fois...

– De la sienne aussi peut-être ? Je n'ai jamais rien su de cette autre tragédie.

– Nous l'aimions tous les deux. C'est votre père qu'elle a choisi d'épouser. Je suis parti sur le champ sans assister à leur mariage, sans plus jamais les revoir. Vous comprenez pourquoi j'ai hésité à accepter votre invitation.

– Où êtes-vous allé oublier votre peine ?

– Au Japon.

– Ah non !

– Ensuite une compagnie d'Osaka m'a proposé plusieurs missions dans divers pays africains... Pourquoi *non* ?

– Ce serait compliqué. Mon détective de père m'a appris à repérer des correspondances entre des indices apparemment sans rapport. C'est une manie qui peut tout aussi bien ouvrir les yeux qu'égarer dans un labyrinthe inutile…

– Je vous écoute.

– Vous l'aurez voulu ! J'ai vécu l'autre jour ici même – devant vous mais vous l'avez oublié – un événement troublant qui, pour être sans doute anodin, ne me lâche pas. Un passant aux traits asiatiques m'a interpellé d'un nom qui n'était pas le mien. Or, premier nœud, si *je ne voyais pas* vers quel avenir m'engager à la rentrée prochaine, il s'est précisément trouvé que la personne à laquelle on m'avait identifiée était aveugle. Deuxième patte-d'oie possible, cet autre *moi* m'a appris que le messager qui nous avait réunies était japonais, et qu'il existait de lointaines convergences entre l'idiome nippon et cette langue bretonne que parlaient précisément des jeunes gens sur cette terrasse même au moment fatidique…

– Vous exagérez !

– Sans doute, mais faut-il désormais vous rappeler la suite ? Elle se nichait dans ce que je ne savais pas encore. Cette enquête délirante me ramène vers vous qui paraissiez extérieur à l'intrigue. Or, voici que vous me faites découvrir le passé caché de ma famille, donc des éléments de ma propre histoire… Permettez-moi, cependant, d'éliminer l'aspect le plus mélodramatique ou le plus grotesque de notre rencontre : je ne vous demanderai pas si vous avez couché avec Maman ! C'est bien à Papa que je ressemble. Ridicule, n'est-ce pas ?…

Après un long silence, deux petites lampées symétriques. D'un côté la dernière olive, de l'autre quelques miettes de cacahuètes.

– « Disparue » avez-vous dit ? Il ne serait donc pas impossible qu'elle réapparaisse ?

– Perdez cet espoir. De mon côté, je ne veux plus le croire. Il y a, en ce bas monde, des faits qu'il vaut mieux dire inexplicables. Par exemple, je ne saurai sans doute jamais *complètement* pourquoi ce Japonais improbable m'a prise pour une autre. Quelle histoire écrivait-il ou de laquelle sortait-il ?

– Ne dites pas « en ce bas monde ».

– Je pensais aux limbes où errent les malheureux abandonnés. Les enfants et les amoureux.

– « En ce monde » suffira.

– Lequel de nous deux a le plus souffert ?

– Parlons du troisième. Est-ce que la maladie de votre père date du départ de votre mère ?

– Vous le lui demanderez ? Il ne s'en souviendra pas. Depuis votre récit, je m'attendais à un autre épilogue.

– Dites toujours.

– C'est peut-être vers vous que Maman est partie ? au Japon ?

– Je n'y étais plus. Elle ne m'a pas trouvé.

Autostop

*Écrire à la première personne arrache automatique-
ment à un auteur un double narrateur. Qui est cet autre
ou cette autre qui écrit à ma place : une sœur, une
ennemie, un tiers indifférent ? Saurais-je me glisser
derrière un « je » masculin ? Mon entrejambe me pèse.*

J'ai hésité à m'arrêter. La fille était un peu trop ronde
à mon goût, et – honte sur moi ! – trop simplement
habillée : un caban, un jean rentré dans des bottes. Mais
la manière dont elle avait remonté ses cheveux en
dégageant la nuque donnait une touche de sophistication
à cet accoutrement de routarde. La crainte qui me retient
lorsqu'un pouce se dresse sur mon chemin d'automo-
biliste est celle de tomber sur un client mal lavé, porteur
de mauvaises odeurs. Mon rejet est tel quand des effluves
de sueurs ou de tabac m'atteignent dès la vitre baissée
que j'ai tout de suite envie de mentir sur ma destination
ou même de redémarrer en trombe. Je préfère être impoli
que submergé de dégoût. Rien de tel cette fois, la
postulante avait dû emprunter l'*after shave* de son père,

d'un frère ou d'un ami, ce qui, malgré la relative médiocrité du parfum, lui valait une curieuse ambiguïté sexuelle. Ses yeux rouges pouvaient faire redouter une atteinte grippale, mais à la vérité elle pleurait. Elle ressemblait un peu à Isabelle Adjani, comme si l'alourdissement des traits de l'actrice, la cinquantaine passée, avait remonté le temps pour s'attaquer à l'une de ses versions de jeunesse. Je lui ai bien sûr demandé où elle allait :

– Au même endroit que vous.

– C'est-à-dire ?

– Vous ne savez pas où vous allez ?

Elle était déjà agressive. De près, elle m'évoquait maintenant Sandrine Bonnaire dans l'incroyable film d'Agnès Varda, *Sans toit ni loi*. Elle devrait faire attention à ne pas mourir de froid dans un fossé.

– Apparemment, vous ne le savez pas davantage. Allez, montez !

La nuit était vite tombée. Les commentaires répétitifs d'une station d'informations s'étaient imposés comme le seul accompagnement digne de notre mystère. Après quelques redites, ils n'étaient plus que de la musique, une sorte de litanie religieuse. J'avais éteint l'écran du navigateur de la voiture et cessé de regarder les poteaux indicateurs. Nous étions encore en pays connu, mais de temps en temps quand un carrefour me plaisait, je lui faisais l'honneur de déclencher mes clignotants en prenant seulement la précaution d'alterner les virages à droite et à gauche pour ne pas courir le risque de tourner en rond. Plutôt un arbre divergent qu'un cycle fermé. À la radio, le réel luttait pour retrouver du sens, demandant à ses thuriféraires d'imposer le catéchisme en cours, ses évidences et ses paradoxes. Est-ce qu'il fallait préférer Poutine à Brejnev, Trump à Bush, Ali à Mahomet ? Un journaliste rappelait que Fillon était un catholique pratiquant. Vraiment ? Comment pouvait-on conduire des voitures de course et croire qu'un bonhomme était monté au ciel en *djellaba* et en *tongs* ?

Ma passagère ne disait rien. Comme elle regardait la route, je n'avais pas remarqué d'emblée son rouge à lèvres ni la petite mèche verte au-dessus de son oreille gauche. Pour que ce soit drôle, j'essayais de me persuader qu'elle n'était autre que ma boulangère en vadrouille. Mais si c'était Scarlett Johansson dans *Under the skin* l'affaire était plus grave, et j'étais mal parti. Elle allait me pulvériser avant que j'aie eu le temps de lui faire l'amour, ce qui serait tout de même dommage. Au demeurant, je saisissais maintenant dans ses yeux des éclairs qui lui donnaient l'allure d'une zombie échappée de *La Nuit des morts vivants*. Alors que nous apercevions l'enseigne lumineuse d'un *hotelF1* bon marché, j'ai proposé :

– Là peut-être, ce serait bien ?

Mais elle a coupé court :

– Il n'y a que des petits lits.

– Ah !

Nous avons continué jusqu'à un palace cinq étoiles, enserré dans les fils d'un nœud autoroutier, où nous avons commencé par dîner. En prélevant quelques gorgées d'un *Montrachet* hors de prix dans un verre dont la buée elle-même était élégante, elle m'a dit :

– Vous étiez supposé me violer et m'assassiner tout de suite. C'est nul.

À quoi j'ai répondu en vérifiant que ma réserve de billets et mes deux cartes bancaires étaient intactes dans mon portefeuille :

– Vous deviez d'abord me voler pour déclencher ma colère. Vous avez raison, c'est nul. Il y décidément une différence entre la vie et les histoires.

Elle n'a pu réprimer un premier sourire.

Au lit, elle est restée inchangée. Très affectueuse, lisse, gémissante, chaude, odorante, parfaitement humaine. Encore une fois comme Isabelle Adjani, mais dans *Possession*. Des tentacules et des ventouses m'ont poussé. Le *Mur* avait disparu, mais la bête était restée. J'ai beaucoup aimé être un monstre. J'ai enlacé la belle en rugissant, j'ai enduit et pénétré tous ses orifices, c'est sa bouche qui m'a valu le plaisir le moins prévisible. J'ai sombré dans un sommeil inqualifiable.

Au matin, elle avait disparu. Une charmante femme de chambre au fort accent portugais, ou afghan, ou philippin, m'a rassuré en ces termes :

– Mademoiselle elle a dit Monsieur il s'inquiète pas. Elle a pris tous les sous.

Effectivement, mon portefeuille avait été allégé. Il n'y

restait qu'une carte Visa et un billet de vingt euros dont j'ai gratifié l'aimable messagère. Ouf ! la normalité avait repris le dessus.

Quand je suis sorti(e), une petite foule m'attendait dans laquelle j'ai reconnu de célèbres créatures flanquées de leurs démiurges : Galatée et Pygmalion, l'Ève future avec Villiers de l'Ille Adam, le monstre sans nom face au docteur Frankenstein, Hyde dans l'ombre de Jekyll.

J'ai voulu leur expliquer qu'ils se trompaient d'univers, que seuls m'intéressaient ici les doubles d'auteurs, sujets fantômes cachés derrière un « je » et non personnages comme eux dotés d'une identité affichée. J'ai même essayé de les amuser en leur proposant le cas en abyme d'un romancier réel inventant un romancier fictif qui peindrait une créature à son image, mais je n'ai recueilli que des sourires tordus et des marques de jalousie. Tandis que quelqu'un criait : « Ça doit être du Borges ! »

Je pouvais me réveiller. La bataille pour la primaire de droite battait son plein. Sans le dire, les prétendants de gauche y cherchaient des leçons. Un jour, il y aurait une affaire *PenelopeGate*.

Double aveugle

Est-ce qu'on a jamais raconté l'histoire de deux jeunes filles qui se ressemblent comme des jumelles, qui vivent ensemble en amantes, mais dont l'une ne voit pas ? Les scientifiques parlent de test *en double aveugle* lorsque ni le patient ni l'expérimentateur n'en connaît les données initiales et n'est donc en mesure d'en fausser le résultat par une opinion préconçue. Par exemple, pour vérifier l'effet d'un traitement médicamenteux ou le distinguer d'un *placebo*, on s'interdit de savoir *a priori* si les gélules contiennent ou non la substance étudiée.

Ici, l'une des deux cobayes *sapiens sapiens* est une aveugle physique ; l'autre, une aventurière égarée. Leur rencontre a tenu d'un conte de fées ou d'un épisode de sorcellerie. La « voyante » s'appelle Lise. Le dernier jour d'une année de faculté, épuisée par sa double fonction d'étudiante et d'aide soignante au service de son père frappé par la maladie d'Alzheimer, elle était venue se détendre, presque dormir à l'abri de ses lunettes de soleil, à la terrasse d'un café devant la mer, lorsqu'un passant aux traits asiatiques l'a salué sans s'arrêter du nom d'une inconnue : Irène Marsan. Intriguée par cet impair et désireuse de l'expliquer, l'interpellée a mené enquête. Elle s'est en effet découvert un clone répondant à ce patronyme et également porteur de verres sombres : mais pour cause de cécité. Lise s'est trouvée libérée par le placement de son père dans un établissement spécialisé, et Irène, qui avait choisi de vivre seule par tempérament et défi, s'est enflammée pour ce double qu'elle ne connaît pourtant que par sa voix, ses senteurs, le contact de sa peau, les formes de son corps. Après s'être une première fois enlacées, embrassées, caressées, elles se sont vite résolues à cohabiter, dormir, cuisiner, manger, s'amuser, s'émouvoir ensemble.

– Bonjour la belle. Je ne savais pas que tu devais sortir, j'ai cru défaillir en me réveillant sans toi. Le froissement des draps quand tu bouges est mon premier vêtement du matin.

– Bonjour Irène.

– Il fait froid ? Comment allait ton père ce matin ?

– Cahin-caha. Il ne souffrait pas. Il a mangé le croissant que je lui ai apporté. Les autres pensionnaires étaient jaloux !

– Reviens là, aime-moi.

Bien sûr, la curieuse, celle qui ne cesse de chercher à imaginer les sensations de sa partenaire, c'est plutôt Lise, qui sollicite volontiers sa culture littéraire pour invoquer « la cécité magnifique », c'est son mot d'admiratrice et d'amoureuse, de Homère, de Milton…

— ... de Montesquieu, ajoute Irène qui connaît le sujet ; de William Prescott, un spécialiste de *La Divine Comédie* et du *Décaméron*...

— ... de saint Hervé tout de même, de Joyce, de Borges.

Irène qui a pu mesurer sa propre différence et ses difficultés pendant ses vingt-cinq ans de vie, assombrit volontiers ce tableau idyllique en rappelant l'erreur de Gertrude dans *La Symphonie pastorale* de Gide ou le pitoyable destin d'Albinus dans *Rire dans la Nuit* de Nabokov.

— Connais pas.

— C'est une histoire diabolique. Tire-moi la langue en silence, lance des grimaces obscènes sans que je les devine, et tu auras une idée de ce qui s'y passe.

— Jamais. Et puis tu le saurais, tu me verrais à ta façon. « *Quand l'œil du corps s'éteint, l'œil de l'esprit s'allume.* » C'est de Hugo.

— Je connais cette antienne. Mais aussi ce ragot moins aimable, « *Dieu sait quelles chimères noires hantent cet opaque cerveau* ». Théophile Gautier.

À la vérité, ces « cafouillages de littérateurs » ne passionnent guère la jeune aveugle. Elle nourrit ses méditations de toutes les théories scientifiques et envisage de réunir un jour dans un livre l'ensemble des méthodes permettant d'évaluer l'âge de l'univers sans recourir à l'observation visuelle des galaxies. C'est là l'un des points d'achoppement de Lise : bien qu'elle ait sous les siens les yeux morts de sa compagne, si vive, si pertinente, elle n'arrive pas à concevoir ce qu'est la vie sur Terre lorsqu'on ne voit pas les étoiles.

Chacune des deux jeunes filles qui se ressemblent tant souffre et jouit de se heurter à l'existence de l'autre. C'est délicieux, et c'est insupportable. Elles dorment nues côte à côte, ou plutôt « mélangées », c'est leur mot. Les doigts d'Irène ne se lassent pas d'explorer les lèvres du sexe de Lise, qu'elle tient pour des papillons. Que deviennent ces petites ailes dans la tête de l'aveugle ? Étrangement, elle porte la nuit un masque vert orné d'arabesques dorées qu'elle n'a jamais vu mais que son amie réfère à une sirène celte, un *Mordred* féminin, ou à une tueuse chinoise. Pour ratifier ces associations, Lise emmène son double enamouré dans deux salles de cinéma qui proposent, l'une l'*Excalibur* de John Boorman, et l'autre *The Assassin* de Hou Hsiao-Hsien. Elle lui décrit en chuchotant les splendeurs énigmatiques qu'affiche l'écran. D'où naît leur premier grand projet : Irène va acheter un récepteur de télévision, une « barre de son » de qualité, et s'abonner à *Canal Satellite*, peut-être à *Netflix* aussi. Elles se tiendront les mains pendant que la voyante dira les images.

– Aucun de tes amants n'a eu cette idée ?

– Jamais.

– Grossiers personnages !

– Les filles, c'est mieux. J'aime ton souffle, c'est le mien…

– À l'envers ! Quand l'une expire, l'autre prend !

– Donne !

– Je mets de la buée sur tes lunettes.

– Curieux, je ne vois rien !

– Rien du tout ?

Irène entretient une bougie allumée à l'entrée de la chambre.

– C'est chaud ? demande Lise qui a vu son amie en approcher la main et qui s'est demandé si c'est ainsi qu'elle se repère dans l'espace du couloir.

– Oui, bien sûr, mais surtout c'est beau. Je me refais une *Nativité* à moi, un autre Georges de la Tour.

– Une peinture chaude… Quelquefois je me dis que j'ai connu un état comme le tien lorsque j'étais encore dans le ventre de ma mère. Je sentais tout sans me servir de mes yeux.

– C'était doux ?

– À propos de naissance, de lumière et de chaleur, puisque la physique quantique et la Relativité t'intéressent, je voudrais te poser une question. Je n'y connais pas grand-chose, mais j'ai lu récemment que la lumière n'a pu s'élancer que longtemps après le *Big Bang*…

– 380 000 ans. Avant, les rayons étaient retenus par la pesanteur de l'œuf originel. Ni l'image de l'explosion ni celles de ses développements n'auraient pu atteindre un observateur.

– Je n'arrive pas à me représenter ce monde invisible. Ni ce nulle part extérieur, encore incréé, d'où il était invisible.

– C'est pourtant clair.

– Dis-moi ?

– Dieu était aveugle.

– Bien vu ! si j'ose dire. Je t'aime.

Quelques jours plus tard, Lise consulte sa compagne sur l'argument, supposé favorable à l'existence du *Grand Architecte* cher à Voltaire et toujours à nombre de francs-maçons, de la sophistication de l'œil.

– Une telle merveille n'aurait pu surgir de quelque tohu-bohu sans avoir été pensée, méditait l'exilé de Ferney, comme l'avait fait avant lui Descartes dans sa *Dioptrique*. Ou Leibniz. Calvin le protestant. Et même Cicéron déjà.

– Ce qui reviendrait à faire de moi une réprouvée, privée de la grâce du Créateur, si Darwin ne leur avait finalement opposé un éclatant déni. Tous ces subtils savants, futurs incultes, n'avaient aucune idée du nombre infini des essais du hasard, puis de la sélection par le réel des plus efficaces parmi les merveilles apparues.

– On se demande si ces beaux esprits n'étaient pas simplement abusés par l'évidence des choses, par les truismes de la logique et les assonances du langage. Leur première erreur est de poser, comme William Paley dans sa *Natural Theology*, que, puisque l'œil *est*, il faut bien qu'il ait été inventé. D'où sort-il cette nécessité ? « Et l'invention suppose un inventeur, c.q.f.d. ». Piètre raisonnement !

– Plus moderne est le futé Diderot, auquel tu devrais t'en tenir.

– J'ai parcouru hier sa *Lettre sur les aveugles*...

– ... *à l'usage de ceux qui voient.* À ton usage !

– L'état de nos corps, leurs qualités comme leurs défauts, sont en un sens d'heureuses surprises. Ça marche puisque c'est là. Le simple fait de croire au génie du hasard libère de l'existence de Dieu. Ce ne sont même pas les organismes achevés – humains, animaux, végétaux – qu'oppose la *sélection naturelle*, mais avant eux leurs composants, déjà en lutte pour leur survie. *Dixit* l'auteur du célèbre *Gène égoïste*...

– Il est dommage que le titre de son livre suivant, *L'Horloger aveugle*, nous renvoie tout de même un peu à une condition de handicapés. Vous ne savez nous définir que négativement. *Nous ne voyons pas,* vous vous en tenez là. Essayez de nous prêter une phrase positive ?

– Toute morale, médite le subtil Denis, dépend de la perception du monde par le sujet, avant même d'être pensée. Qui sait, se demande-t-il, si l'absence d'yeux ne peut être compensée et même avantageusement surmontée par des développements fructueux d'autres sens ?

– Qui donc ?

– Toi ! mais tu ne m'en parles pas !

– Parce qu'il y a une cloison entre nos deux expériences. Nous ne disposons, l'une comme l'autre, que d'une moitié de la paillasse. Je ne sais pas ce que c'est que ton *voir*, et tu n'imagines pas ce que je magouille à côté.

Lise ne se satisfait pas de cet empêchement. Quand elle est seule, elle cherche sur internet des documents qui tentent de pénétrer l'univers mental des aveugles de naissance. On ne trouve que peu de chose. Ils rêveraient en trois dimensions, lit-on dans des articles aussi excitants que douteux, puisque, s'ils n'ont jamais vu d'objet, ils en ont pétri beaucoup sous tous leurs angles. Notamment, ils auraient du mal à concevoir que certaines faces puissent être cachées. Mais qu'en est-il des entités qu'ils ne peuvent toucher, le ciel, un paysage, les images des miroirs ?

Devinant la perplexité de son amie, Irène lui suggère de consulter l'ouvrage d'un ancien érudit français, *Le monde des aveugles* de Pierre Villey, lequel rapporte le témoignage d'un psychologue russe citant lui-même un jeune aveugle né…

— Tu vois, ça fait déjà trois relais, quatre avec moi.

— Et que raconte votre comité ?

— « *Que tous les objets sont en mouvement, que les pierres sautent, les couleurs jouent et rient, les arbres se battent, gémissent, pleurent* ». Et encore, manquent les odeurs et les caresses !

— Que pouvait savoir le gamin russe des couleurs qu'il n'avait jamais vues ?

— Pierre Villey était lui-même aveugle, depuis ses quatre ans.

— Ah ! On dirait plutôt une proposition de poète, de

romancier. Ne le prends pas mal, je suis tombée l'autre jour sur *Le Pays des Aveugles* de H. G. Wells. Pourquoi ne m'avais-tu pas recommandé ce récit ?

— Rappelle l'épilogue, tu comprendras.

— Les habitants de la vallée cachée vivent heureux et proposent à Nuñez, l'explorateur voyant égaré, avant de l'unir à la douce Medina-Saroté, de lui ôter « ces corps irritants », les yeux, qu'ils tiennent pour inutiles et même dommageables, afin qu'il connaisse le même bonheur qu'eux.

— Mais il ne s'y résout pas ?

— Au dernier moment, Nuñez s'enfuit, et en somme H. G. Wells avec lui. Je devine ton sentiment. Je relis la fin ? J'ai le livre en main.

— Sous les yeux.

— Il faut bien, je ne lis pas le braille. Il atteint au coucher du soleil le col qui sépare les deux mondes. *« Le vallon semblait perdu au fond d'un trou, envahi de ténèbres profondes et mystérieuses »*, tandis que *« les sommets de la montagne étaient embrasés de lumière et de flammes. Les moindres recoins dans les rochers à portée de sa main étaient baignés d'une limpide beauté ; une veine verte transparaissait sous la roche grise ; des cristaux scintillaient çà et là, des teintes orange revêtaient un lichen exigu, minuscule et superbe. Et, au-dessus de sa tête, s'étendait la libre immensité du ciel. Il cessa d'admirer ce spectacle et s'allongea, tranquille et souriant, comme si ce bonheur lui eût suffi, de s'être échappé du Pays des Aveugles. Les lueurs du couchant s'éteignirent. Ce fut la nuit. Et Nuñez reposait sous les étoiles froides et claires. »*

– Qu'en penses-tu ?

– La morale reste ambiguë, c'est vrai. Il n'est pas absolument certain que le héros va choisir de revenir au monde des voyants en abandonnant celui de son amour.

– Si tu le dis.

La prochaine fois

Mardi xx mars 20xx. Je me suis réveillée d'humeur à la fois maussade et gaie. Maussade, parce que des lambeaux de cauchemars continuaient de m'oppresser, refusant de s'effondrer dans ce fleuve sombre ou ce désert blanc qu'on appelle l'oubli. Gaie parce qu'il faisait beau, qu'avant de laisser le soleil les tiédir une averse avait nettoyé les toits, que des oiseaux chantaient, que précisément, en dépit de leur persistance, ces vilains récits n'étaient pas la vie. La saga était intacte. Ouf !

Oubli est un mot français dont il n'est pas facile de trouver l'étymologie. Le Petit Robert dit seulement « de *ubli*, 1080 ». Le Dictionnaire Godefroy « de l'ancienne langue française et de tous ses dialectes du IX\ :sup:`e` au XV\ :sup:`e` siècle » rattache le mot à *l'oublie* qui serait, ou bien un pain azyme, une hostie non consacrée, ou bien une petite gaufre en forme de cornet. Nous voici bien avancés ! Il y a du latin bien sûr là-dessous, et de l'eau. *Oblivio* est le nom romain du *Léthé* grec, le fleuve auquel il fallait s'abreuver pour se libérer de ses vilenies antérieures avant d'être autorisé à sortir des enfers. L'anglais *forget* paraît suggérer aussi une sorte d'anéantissement, de perte dans le lointain. Si je me souviens bien des exclamations de ma grand-mère bretonnante cherchant à retrouver un objet égaré, elle disait *disoñj*, quelque chose comme « non-songe », qui m'apparaît vaguement paradoxal dans la mesure où pour moi l'oubli du réel va de pair avec une efflorescence des rêves. « Je ne me souviens plus parce que je pense à autre chose. » Ou bien elle utilisait *ankoun* dans lequel on entend plutôt une forme de méconnaissance, de « méconscience ». Le mot est très proche du nom de l'*Ankou*, le grand valet de la Mort, meneur des trépassés vers l'enfer froid des Celtes. Brrr !

Ce « non-songe » me fait penser au « non-vouloir » des adeptes du *Tao* chinois dont nous a récemment parlé un conférencier invité à l'université. *La Voie* est de trouver le flux du monde, de s'adapter à lui, de se laisser emporter, plutôt que de vouloir bêtement s'imposer. Pas de plus sûre machine à perdre que la lutte pour la victoire... Bien des hommes politiques en ont fait la cruelle expérience. Dans l'un des contes du *Zhuangzi*, Confucius étonne l'un de ses disciples qui ne sait plus que faire de sa vie en lui recommandant de jeûner.

– Hélas, fait le malheureux, ma famille est si pauvre que nous ne consommons déjà plus ni viande ni vin.

– Je pensais, rectifie le sage, au jeûne de la volonté.

Donc, il fait beau. Je vais descendre chercher une baguette et je m'arrêterai peut-être acheter un *flash* pour le prochain tirage du Loto. Une chance sur quinze millions, mais, comme dit le vieux bougon du bureau tabac pour obéir à *La Française des Jeux*, « tous les gagnants auront joué ». La jeune Huguette de la boulangerie aura encore trop mis de rouge à lèvres, elle redressera pour la millième fois au-dessus de son oreille gauche la petite mèche qu'elle teint selon les jours en bleu ou en vert, mais son gentil sourire fera oublier ce barbouillage de goule. J'ai à chaque fois envie de lui offrir des bonbons pour fêter *Halloween*, mais à la vérité c'est elle qui en vend.

Mon vilain rêve ne me lâche pas. J'ai déjà mis mes chaussures, mais je me rassieds sur le canapé. Plus qu'un rêve, c'est une cataracte, une noria de saynètes minuscules qui me font à chaque fois jouer un rôle un peu sot. « Mon gros bêta », me disait précisément quelquefois ma maman en me caressant doucement la joue avant de chercher sournoisement à m'enlever le pouce de la bouche. Ces visions ravivées ont, pour s'imposer, un argument de poids : à quelques déformations près, elles reprennent de vrais souvenirs, elles ont presque eu lieu. Je suis de nouveau en classe de CM2, chassant vers le haut d'un souffle, non pas la mèche d'Huguette, mais une de mes « anglaises », encore blondes à l'époque. Une visite récente à un petit musée de l'école a dû m'impressionner car dans mon film nocturne nous écrivons avec des porte-plumes que nous trempons dans des encriers, ce qui n'était plus le cas l'année de mes dix ans. Je ne suis pas octogénaire ! Les maîtresses portent encore des blouses, et la nôtre se promène volontiers dans l'allée centrale en tapotant sa paume gauche d'une règle qu'elle tient de la main droite. Il lui arrive de la détourner vers l'une de nos épaules d'enfant, mais de moins en moins souvent depuis que quelques parents d'élèves ont exigé avec emphase, lors d'une réunion spécialement convoquée, de « mettre fin à cette coutume préhistorique des châtiments corporels ». C'est le jour de la dictée, et Mademoiselle Jollec prend, pour marteler chacune des phrases biscornues du texte incompréhensible que nous sommes supposées reproduire, des intonations à la Louis Jouvet qui ne conviennent pas du tout à son ton de crécelle haut perché. Elle vient de passer à mon niveau en se dirigeant vers le fond de la salle lorsque je m'aperçois qu'un petit fil de laine a glissé de ma manche dans ma plume et qu'un tsunami violet me menace si je n'assèche pas sur le champ le petit pâté d'encre en formation entre « *Rodrige* » et « *a-tu du ceur* ». Or, je n'ai pas de buvard, et ma voisine non plus. Je me retourne donc, j'attrape le rectangle rose immaculé que la camarade derrière moi tentait de protéger d'une main jalouse, j'essuie la tache, et je rends son bien dégradé à une ennemie folle de rage. Laquelle me lance avec fureur la malédiction future d'Alain Souchon : « T'ar ta gueule à la sortie ! – C'est fini, les deux, là-bas, devant ? » Ça, c'est Mlle Jollec.

C'est en effet une tradition de cette école que de faire place dans un terrain vague avoisinant, chaque fin d'après-midi, alors que résonne encore la sonnerie de la libération, à des joutes aussi réglées que des matches de lutte ou de boxe. Une foule de spectateurs ferme de leurs cercles serrés et de leurs cris une petite arène où s'affrontent deux combattants, en général des garçons, tandis que les prochains attendent leur tour en se défiant du regard. Le fait qu'il s'agisse cette fois de deux filles renforce l'intérêt du spectacle. Je sens que le pronostic général ne m'est pas favorable car je suis plutôt bonne élève et donc réputée bénéficier des faveurs des maîtres. Une bonne raclée retomberait par mon intermédiaire sur la population honnie des chouchoutes. Après un échange de quelques gifles, nous voici à terre. Mon adversaire est plus lourde que moi, mais une feinte des reins me permet de me retrouver sur elle, à coup sûr très provisoirement. Nos visages sont plaqués l'un sur l'autre. Son oreille balaie mes lèvres comme un essuie-glace brûlant, c'est dégoûtant, elle va me contaminer, me refiler des microbes de bêtise. Alors, je ne sais pas si c'est permis ni bien intelligent, mais, à tout hasard, je mords. Je crois que l'autre bouche crie, je vais gagner, je serre, et je me redresse barbouillée de sang, un petit morceau de chair entre les dents, que je recrache dans la poussière du sol. Les hurlements ont fait place à des « hou ! hou ! » inquiets et au grondement sourd de pieds qui détalent, car à l'horreur du spectacle s'est ajoutée l'arrivée de « la dirlo » *Grappe Fleurie*, alertée par le vacarme. Le dinosaure femelle au visage couperosé me soulève par les cheveux et m'administre une claque à estourbir un bœuf, puis me lâche pour s'occuper de la victime gémissante. Elle veut pourtant que j'escorte leur ambulance piétonne. En route pour la pharmacie voisine où on soigne la malheureuse. Puis, à ma grande terreur, passage à la gendarmerie où m'attendent mes parents et où un deuxième géant en uniforme m'oblige à formuler des excuses, à jurer que je ne le ferai plus.

Quelle dérision ! Trois jours après que Cabu, l'ami de mon papa, est tombé sous les balles de deux illuminés, alors que mon cousin Yvan monte dans son Rafale quelque part en Orient pour aller bombarder d'autres jeunes bagarreurs islamistes, alors donc que la paix mondiale vacille, que le climat planétaire se dégrade, que l'atmosphère se réchauffe, que les icebergs s'effondrent et que les océans montent, c'est là tout le beau programme que mon rêve trouve à ressusciter : « Je ne salirai plus le buvard de ma voisine, je ne mordrai plus mon adversaire à l'oreille » ! Certes, je n'ai pas demandé qu'on m'installe dans la tête ce *You Tube* infernal. Je suis *une héritière*, descendante de lointains primates, mammifères et autres eucaryotes. Cabu était un homme, Yvan en est un, et les jeunes gens qu'il pulvérise en sont aussi, sûrs de leur combat, enivrés par les images mêlées sous leur front de leur aimante mère, des spectres sans visage de leur prophète et de leur Dieu.

Cela dit, c'est vrai, je ne le ferai plus. Non parce que, à mon âge, je n'irai plus à l'école. Mais bien parce que, quand je serai jeune, j'éviterai cet incident ridicule. Je le contournerai, j'achèterai un nouveau buvard, je m'offrirai un présent plus *cool* pour me préparer un futur plus *clean*. Depuis ma vieille enfance, l'envahissement du français par les anglicismes a progressé, mais je ne suis pas du genre à m'en offusquer. D'abord parce que la réciproque est vraie et l'a toujours été. Les devises de la monarchie britannique sont des mantras français : « Dieu et mon droit, honni soit qui mal y pense ». Et d'autre part parce que je suis décidément l'inverse d'une réactionnaire : quelque chose comme une évolutionniste enflammée. Tous les surgissements, toutes les nouveautés m'amusent, comme les phases successives d'un film à suspense. Passons et reprenons. J'en étais à ma jeunesse à venir.

La séquence CM2 n'est pas la seule que j'aie trouvé reproduite sur « l'écran noir de mes nuits blanches ». J'aime bien aussi la lenteur inventive de Claude Nougaro, mais au diable les digressions ! Quand j'aurai de nouveau trois ans, je ne laisserai pas l'abeille me piquer à la tempe alors que, assis devant la maison de ma grand-mère sur le ballon qu'elle m'a offert pour mon anniversaire, je cherche à maîtriser un équilibre instable. J'ai les mains occupées sur les flancs de caoutchouc, je ne peux pas chasser l'insecte qui cherche l'entrée d'une de mes oreilles comme Ariane celle du labyrinthe. Aïe ! pas question de revivre cette douleur ! Je tomberai plutôt dans l'herbe sur le côté.

Il y a pire. J'ai onze ans cette fois, je suis en classe de sixième dans un établissement mixte, et je connais mes premiers émois érotiques. Aggravant mes rêves diurnes, la nuit je me laisse porter nue par des garçons auxquels je n'ose même pas faire la bise dans la journée. L'un d'eux m'attire plus que les autres, nous échangeons fréquemment des regards pendant les cours. Un dimanche matin, alors que la famille m'attend pour partir à la messe, j'écris d'un doigt, dans la buée déposée sur une vitre de ma chambre, le prénom *Kevin* et le nom *Appéré* de ce nouveau Lancelot. Puis j'ajoute précipitamment sur la partie supérieure du carreau : *J'aime* . À la vérité, il me semble aujourd'hui que, si je lui ai lancé quelques sourires, il n'y a guère répondu. C'est peut-être ce premier soupçon de désillusion qui a armé mon bras. Je me revois, debout en chemise sur mon lit défait, traçant ce message qui ne s'adresse qu'à moi, au fantôme désiré, et aux anges. Un *tag* plus explicite que les silhouettes sexuées sur les parois des grottes préhistoriques. « *J'aime Kevin Appéré* », la proclamation est claire, je viens de pousser la porte séparant l'enfance de l'adolescence. Hélas, la buée est tenace. Au retour de l'office, mon frère découvre l'aveu intact et le montre à ma mère. S'en suit une scène affreuse qu'on aurait du mal à juger vraisemblable dans un récit de fiction. Dans *Poil de Carotte* peut-être, encore qu'il s'agisse ici, non de méchanceté, mais d'un trop-plein d'amour. Celle qui m'a porté dans son ventre, celle qui ne m'a jusque là dispensé que des caresses et son lait, s'abandonne à une effrayante crise de colère de femme dépossédée, ou plutôt possédée. À onze ans, on ne sait pas encore que le désir d'une autre peut rendre jalouse et générer une telle violence. La fureur de ma maman fait exploser le monde autour de moi, et mon corps aussi bien ; on me décapite, on m'arrache, sinon un bout d'oreille, les entrailles et le cœur. Celle qui fut moi avant moi me menace de contacter les parents du gamin « pour décider s'il faut nous marier ». Je dois me rouler à terre, la supplier de n'en rien faire ; elle va jusqu'à me tirer les cheveux, elle qui m'aimait tant, elle qui m'aime trop.

A l'avenir, dans ma nouvelle jeunesse, je gommerai cette scène, je la rétrograderai du rang de vrai souvenir à celui de cauchemar virtuel. Je m'offrirai encore brièvement cette brève déclaration sur la vitre de ma chambre pour retrouver des frissons de plaisir, mais je l'effacerai avant d'aller chanter plus sérieusement « *Je crois en Toi, mon Dieu* ». Et je recommencerai à vieillir, allégée.

Cela dit, il se trouve des psychiatres ou des romanciers pour affirmer qu'un événement imaginé peut avoir autant d'effet qu'une pratique réelle. J'ai moi-même figuré dans une petite scène de ce genre. Un kinésithérapeute qui organisait des séances de gymnastique collective selon la méthode *Feldenkrais* nous avait proposé des mouvements effectués au sol qui ne mobilisaient qu'une moitié latérale du corps. Puis, il nous demandait de nous relever et de nous regarder les unes les autres : nous penchions toutes fortement d'un côté, même nos visages étaient déformés. La deuxième partie de l'exercice consistait alors à nous recoucher et à imaginer sans bouger que nous effectuions les mouvements symétriques. En quelques minutes nous retrouvions une allure normale. Une telle expérience est-elle transposable à des expériences plus longues ? Si je ne subis plus l'épisode de la jalousie maternelle, le seul fait de l'imaginer et de le craindre pourra-t-il me valoir ou au contraire m'éviter le même dérèglement ? Je cours le risque. Je veux une deuxième vie libérée de cette séquence morbide. La prochaine fois, je ne mordrai pas mon adversaire à l'oreille, l'abeille se contentera de me chatouiller, et ma mère s'amusera des amours de sa grande fille.

Bionique

Une jeune fille, Lise Versois, et son père Alexandre frappé par la maladie d'Alzheimer rendent visite à un voisin retraité, Joseph Moaze. Lise et Joseph ont fait connaissance par hasard, en s'amusant du jeu de petits oiseaux sur une plage, devant une terrasse de café où elle était venue tenter de retrouver un mystérieux Japonais. Ils ont alors découvert que les deux sexagénaires avaient été amis dans leur adolescence et amoureux de la même femme. Laquelle avait finalement choisi d'épouser Alexandre auquel elle avait donné une petite Lise. Joseph, dépité et meurtri, avait choisi de s'expatrier. Il n'est revenu que récemment au pays où il a acquis un manoir en bord de mer, dans lequel il séjourne désormais. Lise lui a appris que sa mère a disparu, sans qu'on puisse savoir si elle a mis fin à ses jours.

— Chers amis, entrez.

— Bonjour monsieur Joseph.

Alexandre est d'une humeur particulièrement énigmatique. C'est un jour sans. Sans parole, sans lui. Malgré les explications de sa fille et de son ancien camarade, il n'a gratifié celui-ci d'aucun signe de reconnaissance. Il regarde, il écoute, rien ne paraît l'étonner, ni lui plaire ni lui déplaire. C'est au-delà de l'insolite. Un acteur professionnel aurait du mal à jouer une telle indifférence.

— Je ne sais pas si on peut dire que j'ai plus de chance, fait l'hôte en lui caressant la joue, chez moi la tête va bien, c'est le reste du corps qui cloche. Mais les défauts se corrigent. On fait des prothèses magnifiques. Je tiens déjà du robot dans mes hanches et mes genoux. Ou d'un *golem* peut-être. Méfiez-vous !

— Joseph, c'est le Freud des Hébreux, n'est-ce pas ?

— Il interprète les rêves de Pharaon, si c'est ce que vous voulez dire, ce qui lui vaut un destin exceptionnel pour un agriculteur qui n'est même pas égyptien.

— Alors, interprétez les miens ? Je rêve que je suis aveugle, que je ne sais pas qui je suis.

— Revenez quand vous règnerez à *El-Amarna* ou à *Thèbes* !

— Vous naviguez dans la Bible, ce dont les catholiques sont incapables. Vous êtes protestant ou juif ? ou ni l'un ni l'autre, mais cultivé ?

— Seulement curieux. Vous y êtes presque. Mes ancêtres s'appelaient plus classiquement Moïse, j'en ai une trace unique, une mention dans un acte de naissance du XVIIIe siècle. Et puis, sans doute par hasard ou bien parce qu'il détestait les trémas, un secrétaire de mairie a orthographié le patronyme *Moyse*, avec un « y », comme chez Édouard Moyse, c'est un peintre de la fin du XIXe, début XXe. Viennent alors une période dangereuse et une ruse géniale. Pour échapper aux listings des antisémites de Vichy sans pour autant mentir, mon père a l'idée de répondre à un enquêteur en prononçant son nom à la française, *Moaze*. Avec la complicité d'un nouvel édile municipal et du receveur d'un bureau de Poste, il est ensuite parvenu à faire adopter officiellement cette nouvelle orthographe.

— Voulez-vous que je vous appelle Moïse ?

— Non, non, Joseph, c'est très bien.

— Je redonnerai cette histoire un jour dans un livre, mais dans un roman, on pourra l'apprécier sans y croire. En Bretagne, bien des noms de personnes ou de lieux ont été ainsi déformés, en général pour les franciser, et rarement de manière heureuse. L'un des exemples les plus ridicules concerne le sommet du pays, dans les monts d'Arrée, que les bretonnants connaissent sous le nom de *Tuchenn Gador*, la « Colline de la Chaise », sans doute « du Trône ». Un officier géographe français tend l'oreille, prend ce *tuchenn* qui est la partie « colline » du toponyme pour le nom propre, le francise un peu plus, et voici le mont prestigieux rebaptisé « Signal de Toussaines ».

— Le maladroit vous a au moins laissé quelque chose à raconter !

— Vous êtes toujours aussi élégant. Ça vous fait quel âge, cette année ?

— La tête et le cœur ont soixante-huit printemps. Mais

la hanche gauche n'a que treize hivers. Le genou droit, sept et demi.

– Et elles se tiennent bien, toutes ces prothèses ?

– Mieux que vos originaux peut-être ! La hanche est en céramique, immortelle. Je pourrais servir d'annales de révision pour les apprentis chirurgiens !

– Vous me soufflez une idée de récit. Au IIIe millénaire, les paléontologues se désolent des désastres qu'ont fait subir à la planète plusieurs guerres atomiques successives. Nombre de fossiles ont disparu. On se dispute sur l'origine des diverses sciences et technologies. Et puis, un jour, un chercheur déterre un premier squelette humain porteur d'une prothèse de hanche…

– Le mien !

– Les médecins légistes de l'époque parviennent à récupérer quelques fragments d'ADN dont les dernières mutations permettent de situer ce premier homme bionique à la charnière des XXe et XXIe siècles.

– C'est ainsi que je suis entré dans l'Histoire !

– Comme quelques bécasseaux piaillaient sur le chantier, le farceur de l'équipe propose d'appeler le fantôme l'*homme sanderling*. Voici du même coup trouvée, pour les terminologues à venir, l'origine du nom : c'est vous !

– Alors l'*homo sanderlingus* s'il vous plaît. Il aura de la chance, ce futur détrousseur ! Outre la hanche, il aura droit à deux genoux de synthèse, peut-être à un cœur artificiel, qui sait ? Mes yeux, qui sont presque neufs aujourd'hui, mériteraient aussi ce salut historique, mais il n'en restera sans doute rien.

– Papa a lui aussi été opéré de la cataracte, et, à l'époque de l'intervention qui lui a bien rendu la vue, mais hélas pas la mémoire, j'ai consulté *Google* sur le sujet. Plusieurs écrivains de l'Antiquité et, plus près de nous, Diderot dans sa *Lettre sur les aveugles*, signalent déjà des essais auxquels auraient procédé des apprentis sorciers, plus barbiers que chirurgiens…

– C'est curieux ce mot qui vaut aussi bien pour un déluge que pour le remplacement du fragile cristallin.

– Le lien entre les deux sens, c'est l'idée de chute : d'eau ou d'un volet, d'une herse. C'est précisément là un héritage des premiers balbutiements. On repoussait dans l'œil le cristallin devenu opaque, on parlait de son « abaissement ».

– Alors qu'on m'installait sur la table le médecin m'a demandé : « Je vous enlève la myopie, ou vous préférez lire sans lunettes ? » Incroyable ? Il peut adapter le nouvel organe au désir du client !

– Lettré comme vous l'êtes, vous avez choisi la lecture ?

– Justement non. J'aime bien porter des bésicles quand je lis, elles réduisent l'environnement à une sorte de cocon flou dans lequel je m'isole. Mais en dehors de ces moments délicieux je préfère déchiffrer le monde sans intermédiaire, redécouvrir en toute netteté les horizons de mon enfance. Adieu la myopie, comme une parenthèse inutile.

– C'est indolore, aujourd'hui, cette opération. À son réveil, Papa l'avait déjà oubliée !

– Totalement. Difficile à croire quand on ne connaît pas le protocole. Et encore plus quand on le connaît ! Écoutez plutôt, les exploits de Sinbad ou de Lancelot ne sont rien à côté des merveilles qui ont cours dans les blocs aujourd'hui. L'incision pratiquée dans la cornée ne fait que deux millimètres. Cette ouverture est suffisante pour laisser passer un petit canon à ultrasons qui réduit le vieux cristallin en bouillie, et ensuite pour évacuer ce déchet.

– Mais la nouvelle lentille ? l'implant, comme ils disent.

– Il est roulé comme une minuscule cigarette qu'il est donc possible d'introduire dans l'œil évidé, où il se déploie tout seul. Quelques heures plus tard, le patient recouvre une vue claire qu'il avait perdue ou qu'il n'avait jamais connue.

– Heureusement on ne m'a pas raconté tout cela avant que je leur abandonne Papa ! Tout de même, il faut recoudre ? Je ne me souviens pas des fils.

– Parce qu'il n'y en a pas ! La griffure dans la cornée cicatrise toute seule. Vous comprenez pourquoi la nostalgie n'est pas ma tasse de thé. J'adore cette époque et ses merveilles. Internet, bien sûr ; la possibilité de télécharger des millions de documents, de romans, de films, serait-on en pyjama à trois heures du matin ; celle de joindre dans l'instant par mail ses amis ou tout *sapiens* inconnu.

– Vous êtes un éternel jeune homme.

– Puissiez-vous dire vrai ! Je vise cent quarante ans,

un peu plus que le double de mon âge actuel. Si je devais partir avant, je serai déçu. Selon les magazines de psychologie, il existe des gens qui commencent à avoir peur de la mort dès l'école maternelle, ou tout au moins à peine adolescents. Moi, c'est l'inverse, j'ai toujours senti ma vie devant moi, et quand je dis « ma vie » j'entends bien mon destin complet, avec son commencement.

– Vous en aviez les moyens, peut-être ?
– Justement pas. Le hasard ne m'avait pas fait riche de naissance. Bien entendu, je ne m'en suis aperçu qu'une fois adulte, sans en être jamais gêné.

Pour vous dire ce que vous ne me demandez pas, je perçois une retraite qui, sans être fabuleuse, me permet de vivre décemment et de voyager de temps en temps, une ou deux fois par an. Après avoir longtemps travaillé à Paris, j'ai pu acquérir cette maison dans un paysage magnifique, en Bretagne où je suis né. Je n'avais jamais envisagé ce retour, j'avais toujours vécu à l'étranger ou dans des appartements de location entre le Panthéon et Saint-Germain-des-Prés. Mais quand j'ai par hasard aperçu cette façade blanche subtilement paraphée par quelques lichens, l'idée de l'acheter s'est immédiatement imposée. Peut-être simplement pour pouvoir enlever l'écriteau d'une agence qui la défigurait. Le soleil et la pluie s'étaient ligués pour disposer de ma volonté, un arc-en-ciel paraissait sortir du toit d'ardoise, je n'avais jamais vu ce phénomène d'aussi près. Je me suis souvenu de l'adage qui échappait invariablement à mon grand-père lorsque les éléments jouaient cette partition : « le diable se bat avec sa femme ! » Comme j'étais un vieux célibataire, je n'avais pas à craindre de faire de ce havre un enfer.

Aujourd'hui, je suis dans cette deuxième matrice comme j'ai été dans le ventre de ma mère. J'y suis bien, et je m'en sens prisonnier. Je craindrais de la quitter, ou de lui faire du mal. Il me semble que sans moi il lui manquerait quelque chose. Sa livrée est si belle, la mer, les nuages, les vents, les soulignements blancs des rives de l'aber quand les vagues ont fabriqué de l'écume à l'entrée du chenal. Pour ne rien dire de ses colifichets : les mouettes, les cormorans…

– … les bécasseaux !

– … et maintenant la momie Sanderling ! Sans oublier tous les génies, les légendes, les siècles passés qui chuchotent là-dessus, et là-dessous. J'exagère, l'émotion m'égare. De temps en temps, c'est la tuerie : accompagnant la marée, les bars carnivores font s'envoler des nuages d'éperlans pour la plus grande joie des sternes qui les gobent en surface. Hélas, c'est aussi un magnifique spectacle ; comme celui des files de goélands blancs dévorant les lombrics derrière un tracteur qui retourne la terre brune.

J'allais oublier le cygne venu on ne sait d'où qui s'installe désormais deux fois par jour sous le balcon pour réclamer des restes de pain. Étonnant combien ce prince de la glisse devient balourd lorsqu'il lui faut hisser son poids de mendiant hors de l'eau. La gravité existe ! et la poussée de bas en haut reconnue par Archimède dans son bain. La Nature nous contraint, elle nous tient, les poissons ne peuvent pas sortir de l'eau. Elle nous guide aussi. Je l'aime, peut-être nous aime-t-elle. Si nous sommes ce que nous sommes, si nous avons des bras et des jambes, cinq doigts par main et non pas quatre ou six, un extérieur symétrique habillant un intérieur dissymétrique, cœur à gauche et foie à droite, si nous voyons, entendons, rêvons, parlons, c'est par le jeu de lois et d'une évolution aussi vieille qu'une légende ?

– C'est vrai, ça. Pourquoi ce jeu contradictoire avec la symétrie ?

– Je ne suis pas compétent. Je pense que c'est parce que notre silhouette de marcheur relève de la cinétique…

– … de cycliste, de skieur !

– … quand c'est la thermodynamique qui gère la machine et demande des différences de potentiel.

– Seul l'espoir d'un bon repas motive votre cygne qui ne souffre en rien de sa marche, mais il nous en faut peu pour que nous viennent des frissons de pitié. On dirait bien qu'il sollicite notre compassion. Il a eu un accident, il est handicapé. Cette plaisanterie m'en rappelle une autre que je dois à l'un des pitres du film de Ken Loach, *Raining stones*.

– Pas vu, je ne vais plus au cinéma.

– Vous avez tort, l'intelligence se cache aussi bien derrière les écrans que sous les pages des livres.

– Sans doute.

– C'est ainsi qu'on dit en anglais quand tout va mal :

« il pleut des pierres. » L'homme raconte que son voisin tétraplégique s'en est allé à Lourdes implorer un miracle de la Vierge. A l'aide d'une petite grue on l'a hissé au-dessus d'un bassin d'eau bénite dans lequel on l'a trempé, toujours assis sur sa chaise roulante. – Et alors ? demandent les copains. – Eh bien, quand on l'a sorti, il avait toujours d'aussi mauvaises jambes, mais son fauteuil avait des pneus neufs !

– Ha ! À mon âge, on vit de souvenirs. Et je m'attache à en sauvegarder d'infimes qui continuent à m'émouvoir, à me conserver des liens, aussi ténus soient-ils, avec mes frères humains. Je dirais : avec le réel.

– Un exemple ?

– Un rien, presque incommunicable. Je ne peux pas m'offrir la *business class* en avion. Si je le pouvais, je ne m'en priverais pas, mais à la vérité je ne souffre guère de ce genre de limitation. L'important, c'est le voyage, et ce sont les voisins. Un jour, le fils de mon frère avait été envoyé par son unité militaire au Tadjikistan pour surveiller la réfection des pistes de l'aéroport de la capitale Douchanbé. C'était le prix payé par la France pour le stationnement de quelques Rafales ou Mirages qui s'en allaient chaque soir prêter main-forte aux troupes au sol en Afghanistan ; tuer des gens, bien sûr. Quand j'ai appris l'affectation de mon neveu, j'ai immédiatement décidé d'aller lui rendre visite. L'avion de la *Turkish Airlines* était bondé au départ d'Istanbul, les sièges un peu serrés. A ma droite, une femme voilée tenait sur ses genoux un enfant assez grand, de trois ans plutôt que deux. Bientôt le gosse s'est endormi, la tête sur ma poitrine. Ni l'un ni l'autre d'entre nous n'a bougé pendant les cinq heures du trajet. Je n'ai pu échanger que des sourires avec la mère, nous n'avions aucune langue commune. À l'arrivée, elle a discrètement posé la main sur mon bras. Ce devait être interdit.

– C'est beau, Douchanbé ?

– Improbable. Quelle ville, quel pays ! asiatiques, presque chinois et toujours staliniens. De grandes avenues que parcourent les rutilantes *Porsche Cayenne* des trafiquants de drogue et quelques misérables tacots soviétiques dont les conducteurs doivent acheter la bienveillance des policiers à coups de *bakchichs*. L'Histoire est folle. Imprévisible comme un roman. L'auteur s'amuse ou enrage.

– Vous parlez de qui ? de Dieu ?

– Du hasard plutôt.

– Vous avez beaucoup de restes de ce genre dans la tête ?

– Beaucoup. Malgré la modestie de mes revenus, je suis parvenu à faire de ma vie une forme d'aventure. Il suffit de garder les yeux ouverts, de se réjouir de ce qu'elle est et de ce qu'elle n'est pas.

Dès le départ de ma trajectoire j'ai mesuré cet état comme un fait dont le refus ou la simple déploration n'eût été qu'une perte de temps. A moins de gagner au loto ou de devenir l'héritier d'une vieille voisine milliardaire, il me faudrait régler les problèmes quotidiens,

« gagner ma vie » comme on dit, avant d'imprimer ma marque dans le monde : avant de songer à devenir un quelconque professionnel. Cette nécessité faisait partie du jeu. Il a toujours existé des petits génies capables d'écrire des chefs-d'œuvre ou de créer des trusts mondiaux *ex nihilo*, mais il reste vrai aussi que nombre de jeunes créateurs n'ont dû qu'à leur héritage ou à celui de leur conjoint, de se trouver suffisamment libres pour laisser courir leur imagination et faire fructifier leur talent : Proust, Nabokov, Chabrol, Malle, etc. Bien des entrepreneurs. Le simple fait de disposer d'un toit gratuit change tout.

– Parlez-nous encore du hasard…

– Que voulez-vous savoir ? si je joue au Loto ? Chaque semaine ! pour laisser toutes les portes ouvertes. *« On ne sait jamais »* est une très profonde vérité.

Cela dit, pour radoter plus dignement, à votre demande donc, je rappellerai que l'évolution de la vie et la naissance de l'homme ne sont le fruit d'aucun plan, mais d'une succession d'erreurs dans des recopies de molécules ; que simplement il s'en produit tant et sur des durées si fabuleuses que certaines de ces nouveautés s'imposent. Ce qui permet au vieux mécréant que je suis de claironner que ce récit vaut bien celui d'une Genèse religieuse. Devoir l'Accomplissement de l'univers – avec un grand A – la naissance de l'humanité, à une succession de « fautes » imprévisibles…

– J'ai déjà lu ça quelque part.

– … merveilleux, non ?

– Nous allons devoir rentrer. Votre thé et votre gâteau étaient excellents.

– Thé de voyageur… et de malandrin ! Vous savez quelle est l'origine du thé ?

– L'Inde ou Ceylan ? l'Himalaya ?

– La Chine. Mais il faut ici rendre justice, si j'ose dire, à un brigand écossais au nom prédestiné aussi français que british, Robert Fortune, qui, grimé en Chinois, organise en 1850 le vol de plants de qualité dans des régions reculées de l'Empire, pour les replanter ensuite près de Calcutta. Ce qui nous remet en mémoire que le réel n'est pas à cours d'intrigues et de rebondissements. Nous tenons là une autre histoire peu croyable qui s'est déroulée hors des cours de nos rois et des cursus de nos savants…

– … et qui vaut bien les facéties du hasard.

– S'il vous plaît, revenez de temps en temps avec votre Papa, mon ami Alexandre dont la présence et les traits ressuscitent notre enfance commune. Si une occupation vous mobilise, laissez-le moi quelques heures. Son silence me fait du bien.

– Il finira peut-être par parler ?

Insu

Le destin de l'homme est de savoir ; sa condition, de ne pas savoir. D'où les énigmes, les histoires, le suspense : l'intérêt de la vie.

Il est extraordinaire de penser qu'un moment est venu où personne sur Terre ne savait plus lire les hiéroglyphes égyptiens qui avaient pourtant porté pendant trois millénaires les textes d'une formidable civilisation et qui étaient toujours présents, gravés dans la pierre. Champollion, et avec lui l'humanité, ont dû à un extraordinaire hasard la redécouverte de leur sens : la mise au jour, à *Rosette*, deux mille ans après le dernier pharaon, d'une pierre portant les mêmes phrases en hiéroglyphes, en démotique et en grec.

Selon la *Notitia dignitatum*, un manuscrit datant du IVe siècle mais plusieurs fois recopié, les légionnaires romains issus de la tribu gauloise des *Osismes* finistériens, peut-être grossie d'un apport de *Maures* africains, portaient sur leur bouclier un dessin identique à celui du *Yin* et du *Yang* chinois : un cercle séparé par une sinusoïde verticale en deux parties, respectivement noire et blanche, trouées par un œil de la couleur opposée en Chine, de la même en Bretagne.

Beaucoup d'anciens textes se sont perdus au Moyen Âge parce que les manuscrits de peau étaient précieux et qu'il arrivait donc aux moines copistes de les laver pour les réutiliser ! Une sorte d'encyclopédie comme le *Mirouer du Monde* de Gautier de Metz fait référence au XIIIe siècle à des œuvres dont ne subsiste plus aucun exemplaire. Ainsi une vieille rumeur bretonne parvenue jusqu'à nous laissait entendre que les anciens bardes celtes truffaient leurs poésies de *rimes internes* aux vers. Mais on n'en connaissait guère assez d'exemples pour que la pratique soit suffisamment établie. Or, un jour du XIXe siècle, le curé de la minuscule paroisse de Saint-Divy, près de Brest, trouve dans le grenier de son presbytère une *Vie de sainte Nonne et de son fils Diwi* qui en contient un grand nombre. Le manuscrit de deux mille vers date du XVe siècle mais reproduit à l'évidence un original beaucoup plus ancien. Le prêtre n'ayant pas conscience de l'importance de sa découverte ne l'a rendue publique que quelques nouvelles années plus tard. Il s'en est fallu de peu pour que cette preuve définitive de la versification celtique disparaisse à jamais.

Un médiéviste contemporain a levé une formidable tempête, à la fois culturelle et politique, en s'opposant à l'idée généralement admise selon laquelle le monde moderne devait aux penseurs et traducteurs arabes du Moyen-Âge, tels Avicenne ou Averroès, la connaissance des traités philosophiques de l'Antiquité grecque. En fait, soutenait le savant polémiste, ces traducteurs universellement honorés ne lisaient pas la langue d'Aristote ! tandis que ce dernier était étudié en version originale dans les monastères chrétiens, notamment par les copistes du Mont Saint-Michel et un certain Jacques de Venise. Sans doute cette violente dispute, nourrie… en 2008 ! de tribunes et de pétitions signées par des intellectuels réputés dans des médias de grande diffusion, se prolongera-t-elle longtemps, si elle est jamais tranchée. Son premier intérêt est précisément de montrer que *nous ne savons pas*, que nous ignorons des pans essentiels de nos origines. Une citation qui se clôt sur un jeu de mot dit que *« hier est un trou de mémoire ; demain, un mystère ; aujourd'hui, un présent. »* Au demeurant, on ne sait pas davantage qui a proposé cette sérieuse plaisanterie…

L'écriture – condamnée par le bavard Socrate dans le *Phèdre* du scribe Platon, comme par les druides celtes – fonde une mémoire qui permet la science historique ; mais conserve aussi des erreurs qu'une tradition orale aurait rectifiée ; et permet des manipulations de la vérité par de faux savants et des tyrans au motif que « c'est écrit ». Des scientifiques farceurs se sont amusés à proposer aux revues réputées des articles fantaisistes qui n'ont été que tardivement repérés parce qu'ils alignaient leurs absurdités avec le vocabulaire et dans le style des publications admises.

Traduttore peut quelquefois donner *tradittore*. Ainsi, selon un érudit reconnu, l'Église catholique n'a autorisé la lecture de la Bible en grec ou en hébreu qu'en 1941. Dans une phrase de la version française en cours avant cette date, traduite de la *Vulgata Clementina*, « il n'y a rien à compter » avait été compris comme « c'est impossible à compter » ; à quoi s'était ajoutée une confusion entre les deux sens du latin *deficiens*, d'une part « ce qui manque » et d'autre part « déficient mental ». Au résultat « on ne peut compter ce qui manque » avait été rendu par « les fous sont innombrables » !

Les kabbalistes juifs soutiennent que, puisque la Bible est l'œuvre de Dieu, tout y fait sens, même les espaces vides entre les lettres. L'une de leurs plus belles idées consiste à penser que le Créateur n'avait au fond pas besoin d'une Création ni du Temps pour fonder son Être. Sa propre Éternité aurait pu lui suffire. Ils ont alors imaginé que Dieu s'était volontairement retiré en laissant faire les hommes. Il ont donné à cette sieste divine le nom amusant de *tsimtsoum*. Le pire peut avoir cours, comme le meilleur : le Seigneur dort.

L'Éternel retour a beaucoup fait pour la célébrité de Nietzsche. Le concept s'énonce simplement en deux mots et paraît *a priori* facile à saisir. Mais c'est à la vérité l'un des plus obscurs, il est bien difficile à concilier avec l'hymne à la vie et le *Gai savoir* que n'a cessé de chanter l'auteur. Bien sûr, d'innombrables philosophes ont glosé sur ce mystère en cherchant à le rendre plus virtuel et poétique que concret. Mais le philosophe a bien écrit que « *chaque douleur, chaque plaisir, chaque pensée, chaque soupir, tout ce qu'il y a dans ta vie d'indiciblement petit et grand doit pour toi revenir, suivant la même succession et le même enchaînement – et également cette araignée et ce clair de lune entre les arbres, et cet instant et moi-même »*... Comprenne qui pourra. Certainement pas Darwin ni Einstein. On peut grossir cet imbroglio des « cycles » chers à Borges, qui, il est vrai, en merveilleux auteur de *fictions*, a pu s'en tenir à faire rêver sur ces paradoxes sans s'obliger à les expliciter.

Les mythes mayas, aztèques, incas, racontaient que des dieux blonds aux cheveux tressés étaient venus de l'est pour créer leur civilisation et qu'ils reviendraient. Même si ce n'est qu'une folie non fondée de voir dans les premiers des Vikings et dans les seconds les conquistadores ibériques, c'est un rêve d'autant plus beau que précisément il est né hors d'Europe. On peut regretter la disparition de ces civilisations précolombiennes aux légendes fascinantes et aux costumes raffinés, mais aussi se demander si leurs effroyables pratiques des sacrifices humains avaient quelque chance de se perpétuer, même dans une Histoire différente.

Aujourd'hui, le meurtre et la peine de mort ont mauvaise presse, mais au prix de vertigineux non-dits. Les démocraties occidentales et notamment la France tirent leurs plus grands profits de la vente d'armes. Les militaires sont les héros des Nations. Les émirs de *Daech* recommandent de tuer les infidèles et promettent à leurs fidèles ceinturés d'explosifs une récompense au Paradis. Les juges israéliens n'ont prononcé qu'une seule condamnation à mort, celle d'Adolf Eichmann, mais précisément ils l'ont fait. En prêtant à Dieu la décision de faire l'homme à Son image, la Bible sous-entend que s'en prendre au corps de celui-ci c'est attenter à Celui-là. Peut-être peut-on considérer que la justification ultime de la circoncision est de réserver au Créateur le droit de mutiler le corps naturel de l'homme. Même si elle est effectivement sans danger, voire utile, il reste étonnant qu'elle n'ait jamais été attaquée au même titre que l'excision chez les femmes.

— On délire à son tour, petite Lise ?…

— Ces obscurités pourraient bien être créatrices, madame Irène ?

— Ton catéchisme inverse me fait penser à la *théologie négative* du grand Maïmonide : on ne peut pas définir Dieu, mais on peut l'approcher en soupçonnant ce qu'Il n'est pas. Tu sais, bien sûr, que son *Guide des égarés*, texte essentiel de la culture juive…

— … et beau titre !

— … a été rédigé en arabe ?

Je prends le relais avec quelques nombres. Les mathématiques permettent de dire simplement des immensités dont il est difficile d'apprécier la valeur. 10 puissance 2, écrit 10^2, c'est cent, 100, un 1 et deux 0 – 10^3, c'est mille, 1 000 – 10^6, un million, 1 000 000 – 10^9, un milliard, 1 000 000 000.

On veut bien qu'un corps d'homme compte 10^{14} cellules, cent mille milliards. On a autant de mal à se représenter cette formidable machinerie dans sa globalité qu'en détail, donc pourquoi pas ? Mais on peine davantage à admettre que notre seul cerveau soit déjà tissé de 10^{11} neurones, cent milliards : tout cela sous un front, entre deux tempes, dans à peine plus d'un kilo ? D'autant que chacun d'eux communique avec ses voisins par quelques dix mille synapses, dont l'ensemble totalise donc 10^{15} points de contact, un million de milliards. Enfin pas tout à fait, chaque synapse valant pour une paire de neurones, il faut diviser ce nombre par deux : ah, cinq cent mille milliards, c'est déjà plus raisonnable ! Si deux neurones communiquent par plusieurs synapses, ce sera même encore un peu moins.

– Ouf !

– Il y a beaucoup mieux. Le nombre des atomes présents dans l'univers entier est évidemment bien plus grand que celui des quelques cellules vivantes s'ébattant sur la Terre. Il est pourtant possible de traduire cette monstrueuse infinité par un infime graffiti : « simplement » 10^{80} !

– *Dix puissance quatre-vingts, que votre nombre soit sanctifié, que votre règne perdure…*

– Les quarante-six brins d'ADN d'un seul noyau cellulaire, raboutés, donneraient un fil de deux mètres de longueur : des millions de fois le tour de la terre pour tous les ADN d'un seul individu ! Tu imagines ? Moi, pas. C'est comme cette histoire de ralentissement du temps avec la vitesse, que nous chante la Relativité. Je veux bien qu'on l'observe à distance sur des mondes en mouvement, qu'on ne retrouvera jamais. Mais qu'un *voyageur de Langevin* parti de la Terre retrouve, une fois son périple bouclé, son frère jumeau resté sur place plus vieux que lui, j'ai beau lire de terribles exposés qui se maquillent en évidences, je n'arrive pas à m'y faire. « Pour la bonne raison » que chacun peut considérer symétriquement que c'est l'autre qui a voyagé. J'ai tort, bien sûr. C'est ce qu'on me dit.

– Tu as tort.

– Mais je ne suis pas la seule à porter un bonnet d'âne. Mes savants contradicteurs eux-mêmes butent sur de formidables énigmes dont ils n'entrevoient pas, pour l'instant, la résolution. Le réel est en contradiction, non seulement avec les lois qu'ils lui supposent, mais avec les résultats concrets de leurs observations. Le jeu des forces connues, notamment de la gravitation, devrait ralentir l'expansion de l'univers. Or, la chipie s'accélère. Pour l'expliquer il faut supposer l'existence d'une *matière noire* et d'une *énergie sombre* ignorées, vingt fois plus pesantes que ce que voient nos appareils, télescopes, microscopes, accélérateurs de particules.

– Il fallait une aveugle pour se faire la gardienne de cet autre *Sésame* ! Pardonne-moi.

– Savoir faire n'est pas comprendre. Les Chinois n'ont pas attendu Lavoisier pour inventer la poudre à canon. Il n'est guère douteux que les activités humaines modifient aujourd'hui le destin de la planète. Mais la Terre a déroulé sans nous d'extraordinaires spectacles. À l'époque des dinosaures, il n'y avait qu'un seul continent. L'Atlantique avait à peine commencé à séparer l'Amérique de l'Europe. Il n'y avait pas d'herbe ni encore moins de fleurs, mais seulement des algues, des fougères, des lichens ; et pas d'oiseaux, qui naîtraient beaucoup plus tard de ces ancêtres sauriens. Pendant la période intermédiaire ont existé des dinosaures à plumes.

– *Freaks* est battu. Prends-moi un billet !

– À peu près à la même époque, il y a cinquante millions d'années, des mammifères qui étaient un jour sortis de l'eau ont décidé d'y retourner, pour donner tous les cétacés marins, baleines et dauphins.

– Non ?

– Et les surprises ne valent pas que pour des périodes aussi anciennes. Il y a seulement cinq millions d'années, autant dire hier après-midi, des mouvements sismiques ont fermé le détroit de Gibraltar. Le soleil a asséché la Méditerranée et la Mer Noire, créant de vertigineuses vallées profondes de plusieurs kilomètres. Jusqu'à ce que les cataractes océaniques parviennent à forcer le barrage et à remplir de nouveau la baignoire…

Se sont succédées des périodes froides et des plages torrides. Les hominidés sont apparus il y a quatre ou cinq millions d'années, ce qui n'est que le millième de l'âge de la Terre, mais déjà deux mille fois plus que la durée qui nous sépare du Christ. Des hommes ont vécu pendant quarante mille siècles sans savoir que Dieu aurait un Fils qui viendrait faire un tour ici-bas. Beaucoup plus près de nous, il y a vingt ou trente mille ans, quelques minutes en somme, toute l'Europe du nord, jusqu'à la Grande-Bretagne comprise, était recouverte par une couche de glace épaisse de plusieurs kilomètres. Avant de retomber en pluie et de geler, cette eau avait été prélevée dans la mer, dont le niveau avait donc beaucoup baissé. La Manche n'existait pas. Le Rhin parcourait une plaine, captait la Seine et allait se jeter dans l'océan au-delà de l'île de Sein. Les chalutiers remontent quelquefois dans leurs filets des restes des mammouths qui gambadaient entre Dieppe et Portsmouth.

– Les grottes Chauvet et Cosquer avaient déjà été ornées de dessins, Lascaux le serait bientôt…

– Des dessins que je ne verrai jamais. Que seraient nos savoirs si nos sens étaient différents ?

– On demandera à Diderot ! C'est un extraordinaire mystère que des fresques aussi justes que les chefs-d'œuvre de l'art pariétal aient pu naître des dizaines de milliers d'années avant les idéogrammes et les lettres. Il fallait du charbon de bois, des restes de tisons, pour dessiner ?

– Gare à l'anachronisme ! La maîtrise du feu est cent fois plus ancienne que l'invention de l'écriture : cinq cent mille ans contre cinq mille. L'une des deux traces de foyers les plus anciennes se trouve en Bretagne, en pays bigouden. L'autre en Chine.

– On m'a dit que les Bigoudens avaient les yeux bridés ?

– Tu mélanges tout ! Ouvre ta main, que je te punisse d'un bon coup de règle !

– C'est vrai ou c'est faux ?

– Si c'est vrai, c'est sans rapport ! Il ne faut pas

toujours chercher des causes sous les faits, tordre les signes pour en faire des preuves. Les créationnistes américains sont experts en la matière : l'existence des fossiles ne les décourage pas de croire à la lettre du récit biblique. Pour eux, la Terre n'a que cinq mille ans, Dieu n'y a semé quelques dessins de coquillages ou quelques empreintes géantes que pour décorer son œuvre...

– Non ?

– Une fois leur explication avancée, ils y trouvent au contraire une preuve de l'existence du Créateur puisque c'est là la trace de ses travaux ! C'était déjà, au demeurant, l'idée de Chateaubriand qui, dans son *Génie du Christianisme*, affirme que *« Dieu a créé le monde avec toutes les marques de vétusté car, sans cette vieillesse originaire, il n'y aurait eu ni pompe ni majesté dans l'ouvrage de l'Éternel ; la nature eût été moins belle. »*

– On reconnaît le poète : une *vieillesse originaire*, quelle belle trouvaille !

– Tu es gentille. Le délire de ce grand esprit nous commande une fois de plus de faire une différence dans les hypothèses non démontrées entre, d'une part, ce que nous ne savons pas, que nous ne savons pas encore ou même que nous ne saurons jamais, et, d'autre part, les absurdités que nous devinons folles mais que nous tenons à maintenir par héritage. Malgré les apports convaincants de la biologie moderne une bonne moitié de l'humanité persiste à s'en remettre à la décision d'un Créateur introuvable plutôt qu'au génie du hasard ; à croire que chacun ressuscitera un jour, mirage dont saint Paul a fait, dans sa *Première Épître aux Corinthiens*, la condition même du christianisme : « *S'il n'y a pas de résurrection des morts, ma prédication est vide et vide aussi votre foi.* ». Il n'est pas nécessaire de prêter l'oreille aux sermons des prédicateurs islamistes, il suffit d'assister à un enterrement catholique dans l'un de nos villages pour être effaré par les promesses que le prêtre ose déverser dans le cœur des proches éplorés : « pourquoi pleurez-vous ? c'est au contraire le début de la fête, nous allons tous nous retrouver bientôt ! »

La technique est toujours la même, bien connue des faux prophètes et des tribuns populistes : c'est *le déplacement de la charge de la preuve*. Plutôt que de s'éreinter à démontrer ce qu'on affirme, on se permet de dire n'importe quoi en sommant les contradicteurs de prouver que c'est faux !

– D'autres méconnaissances sont plus difficiles à aborder, lorsqu'elles valent à des victimes d'insurmontables malheurs : telle, par exemple, la destruction psychique des enfants manipulés par des pédophiles. Ces désastres se jouent dans une société, la nôtre, marquée par une ombre bimillénaire jetée sur la sexualité, que résume l'affreuse trouvaille de saint Augustin : « *nous naissons entre les excréments et l'urine.* » Peut-on alors oser rappeler que dans l'ancienne Grèce – dont nous vénérons les philosophes – l'initiation des adolescents, tout au moins des garçons, se faisait par des liaisons amoureuses avec les adultes ? D'où des questions que nos mœurs et nos législations interdisent désormais de poser. *Cet opprobre est-il un universel de la condition humaine ou une particularité de notre héritage chrétien ?* La profondeur des dégâts suscités par des prêtres pervers chez leurs enfants de chœur et de cœur ne tient-elle pas pour une bonne part à cette malédiction, à la transgression de leur propre foi par des ministres chargés de l'imposer ? *Que disent de l'enfer les violeurs en soutane à leurs petits disciples ?* Les théologiens chrétiens nimbent leurs dogmes d'une aura sacrée en recourant à trois interdits majeurs : la naissance virginale, la résurrection des morts, l'anthropophagie. C'est ce qu'on peut appeler jouer avec le feu...

Cela dit, pour échapper au soupçon d'anticléricalisme, on peut élargir la scène hors de l'Église et se demander alors *si le schéma œdipien proposé par Freud vaut bien partout et pour tous ?* Par exemple, un pédopsychiatre breton a pu mettre en doute la rivalité de l'enfant et du parent de même sexe en observant la tendance des filles armoricaines à la *matrilocalité*, c'est à dire leur désir de se construire une vie – tout simplement une maison ! – sous le regard de leur mère. *Nous ne savons pas.*

– Nous sommes des cancres ! moi, sans yeux ; vous, avec.

– Plutôt des enfants. L'autre jour, sur *YouTube*, une adorable séquence montrait deux bébés de quinze mois luttant, entre deux chutes sur leurs petites fesses encore protégées par des couches, pour parvenir à accrocher un cercle d'élastique au bouton d'un tiroir. Quand ils y parvenaient, leur joie égalait celle d'Einstein jetant les bases de la Relativité Générale. Il ne leur manquait que ce geste qu'affectionnent les partenaires d'une épreuve réussie consistant à se frapper les paumes de leurs mains levées. X, notre savant ami à qui j'ai décrit l'événement, m'a soutenu que, ce faisant, ces petits génies prenaient conscience de la notion d'espace et se mesuraient aux subtilités de la topologie, l'une des branches les plus difficiles des mathématiques. Z, lui, m'a soutenu que leur jeu avec un cercle et un piton était déjà sexuel…

– Qu'est-ce que tu vas faire de ce magma… ou de ce trésor ?

– Écrire ! Je reprends une citation d'un romancier français contemporain notant que *« nous sommes jusqu'au bout l'enfant de notre corps, un enfant déconcerté »*. Le livre qu'annonce cette phrase recense les étonnements d'un narrateur devant sa condition d'homme, les joies et les misères que lui ont values, quatre-vingt-six ans durant, cet appareillage bizarre doté d'une *tête*, de *bras*, de *pieds*, de *doigts*, d'un *sexe*, d'une *conscience*… J'emploie des italiques pour tenter de retrouver nos enchantements devant toutes ces merveilles sans lesquelles nous ne serions pas de ce monde et nous ne dialoguerions pas avec lui. Il est effrayant de penser que nos philosophies et nos religions, réputées porter nos plus subtils entendements, ont choisi de considérer avec dédain ces prodigieux ordinateurs. Chez Descartes encore son « animal machine » peut s'entendre comme un corps réduit à une vile ferraille.

– Tu vas corriger Descartes ? Tout cela depuis un élastique et un bouton de tiroir ?

– D'autres l'ont fait : Darwin et à sa suite les généticiens modernes. Je voudrais plutôt étendre la remarque du collègue. Son texte s'en tient à une perspective familiale et psychologique, quand on peut et qu'il faut remonter beaucoup plus haut : à l'apparition des vertébrés, avant eux à celle des premières cellules, et même au *Big Bang* créateur d'un « quelque chose » ouvrant le chemin qui un jour mènerait jusqu'à nous. Nous sommes certes l'enfant du corps que nous ont légué nos parents directs, père et mère, mais les capacités qui sont les nôtres nous sont échues d'un héritage bien plus ancien. Je me prosterne devant nos corps comme des enfants devant de sages vieillards : parce que je n'ai, tu n'as, nous n'avons, que quelques décennies, quand leur âge atteint treize milliards d'années. Comment s'étonner lorsqu'on découvre des capacités extraordinaires à de tels enchanteurs ?…

– *Tu sais quoi ?* comme dit ma copine Julie. Tes comptes fabuleux me donnent envie d'aller jouer au Loto !

– Tu auras une chance sur quinze millions de trouver la bonne combinaison de chiffres, d'être alors une élue parmi quinze millions de joueurs. La coïncidence des deux nombres est volontaire, elle permet d'entretenir le suspense, il y aura de temps en temps de rares gagnants.

Pour atteindre l'équivalent en comptant les secondes douze heures par jour, il faut patienter une année complète. C'est cela gagner au loto : choisir un seul moment entre le 1ᵉʳ janvier et le 31 décembre, dire « top », et espérer tomber juste.

Croisements

Il y a des échos, de lieu en lieu, de moment en moment, de rêve en rêve... D'auteur en auteur aussi, tissant une toile qu'il est possible de défaire à partir de l'un quelconque d'entre eux. Il n'est pas certain qu'ils se soient lus. Les croisements sont plus fascinants encore s'ils sont inconscients, advenant alors au statut de lapsus du réel ; de malices de « la nature des choses » ; du Temps, du Hasard, de la Répétition, de l'Espace, de la Complexité, de la Géométrie ; de l'univers...

En 2015, Auteur6 publie un recueil de nouvelles originales que saluent deux prix successifs décernés par des auditeurs d'une grande radio et par un jury de jeunes gens.

– Pourquoi 6 ?

– Parce que cinq devanciers vont pointer le nez... L'une de ces fables raconte qu'un quidam remet à un compositeur de *pop music* une cassette vieille de plusieurs décennies dans laquelle on entend quelques mesures de son plus grand succès. Or le morceau est plus récent. Le musicien, qui n'a copié personne, en reste perplexe, on le serait à moins. Il mène enquête et retrouve cette fois d'antiques cylindres de bois qui ont voyagé pendant plusieurs siècles d'Afrique en Océanie, d'Amérique en Europe. Les rouleaux sont marqués de sillons à la manière des disques vinyle, dont le chercheur parvient à sortir du son. Stupeur : ils portent la plupart des airs qui fleuriront aux temps modernes. Le récit fait de leurs faux compositeurs de véritables voleurs ou plutôt de chanceux découvreurs : ils sont tous tombés par hasard sur l'un ou l'autre des fameux rouleaux qu'ils n'ont eu qu'à copier discrètement. *Ils savaient.* La piste remonte d'un soldat de Napoléon conquérant du Portugal en 1808 à un moine qui avait accompagné un conquistador en Californie, puis à une tribu d'Indiens de la baie de San Francisco… non loin de la *Silicon Valley* en somme ! Le musicien initial serait le religieux inspiré par Dieu, et les fabricants des rouleaux les Indiens experts en statuettes ! Belle histoire.

Hélas, en 1979, Auteur3 avait publié un court récit qui racontait la même fable dans le champ littéraire. Son héros tombait sur un modeste ouvrage d'un écrivain inconnu, dans lequel tout lecteur cultivé reconnaissait d'emblée des « emprunts » puisés dans les œuvres d'une ribambelle de célèbres littérateurs. À ceci près que les pages du grimoire étaient plus anciennes que celles des « modèles » ! lesquels se voyaient donc ravalés au rang d'imitateurs. *Le chacal hantant des sépulcres de pierres, l'interminable ennui de la plaine, la beauté de la mort, l'hiver lucide,* et même *je est un autre,* tout cela avait déjà été écrit avant Catulle Mendès, avant Verlaine, Lautréamont, Mallarmé, Rimbaud. Rude flagellation pour les « maîtres » qu'honorent toutes les histoires de la littérature. Mais cette fois Auteur3 veut bien excuser les anciens auxquels il a dû sa propre formation et ses admirations en notant que « rencontres fortuites, influences affichées, hommages volontaires, copies inconscientes, volonté de pastiche, goût des citations, coïncidences heureuses, peuvent suffire à expliquer que des expressions telles que *le vol du temps, brouillards de l'hiver, obscur horizon, grottes profondes, vaporeuses fontaines, lumières incertaines des sauvages sous-bois,* appartiennent de plein droit à tous les poètes… » En un sens les faux contrefacteurs ne pouvaient pas écrire autre chose. Leurs « trouvailles » étaient simplement « dans l'air du temps », elles hantaient leur propre cerveau à leur insu.

Constatation qui renvoie à une remarque d'Auteur2, dans une préface à un récit diabolique mettant précisément en scène un plagiaire que son forfait rend fou : « Lorsqu'une idée d'histoire vous vient à l'esprit, personne ne vous en donne un droit d'exploitation sur papier timbré. On ne peut en justifier l'origine. Écrire des histoires relève toujours un peu du vol. » Et de broder sur *la Grande Banque à Idées de l'Univers.*

Pour enrichir l'imbroglio, on peut encore ajouter que le récit d'Auteur3 porte le même titre qu'un poème allemand du XIXe siècle mis en musique par Schubert, dont le créateur mérite donc d'être ici nommé Auteur1 ;

et qu'un romancier plus récent, Auteur5, l'a de nouveau repris en 2009.

— Manque toujours Auteur4 ?

— Il arrive ! par un amusant détour qui a mobilisé un innocent Auteur7 postérieur. Persuadé qu'Auteur6 ne connaissait pas le texte d'Auteur3 décédé trente ans plus tôt lorsque lui est venue l'idée de ses rouleaux de bois, ce confrère lui a gentiment écrit pour lui faire remarquer la parenté des deux récits. Une lettre à laquelle Auteur6 n'a pas répondu…

— Abstention dangereuse !…

— … car le correspondant ignoré s'est alors posé de nouvelles questions à propos d'une autre nouvelle d'Auteur6, dans le même recueil de 2015. Cette fois, quelques jeunes *toxicos* formidablement doués en informatique réussissent à appliquer au corps et au cerveau humains le mécanisme du logiciel *Time Machine*, qui permet de sauvegarder chaque état instantané d'un ordinateur. Peu importe le procédé qui consiste, pour éviter les trop lourdes manipulations de données, à n'enregistrer que ce qui a changé par rapport aux *clics* précédents. L'important, c'est que tout stade qu'a réellement connu le *computer* peut être intégralement et immédiatement restauré. De la même manière ici les cobayes qui ingèrent la substance magique retrouvent à volonté leurs personnalités passées – leur esprit, non leur corps – à vingt ans, à quinze, dix, trois ans… Pour que le lecteur s'y retrouve, Auteur6 fait suivre chaque nom de personnage de l'âge auquel il est revenu et du numéro de ce retour : par exemple *Laurianne 22 (v7)* veut dire « septième version ressuscitée de Laurianne à 22 ans ». La date est quelquefois précisée par une fraction de l'année comme dans 17.3 ou 27.4. Or, un autre écrivain, Auteur4…

– Le voici !

– … avait, dix ans plus tôt, composé un roman dans lequel, si *Time Machine* n'existait pas encore, les membres d'une secte avaient obtenu d'extraterrestres tout puissants – les *Élohim* de la Genèse biblique – le moyen de se survivre. Et déjà les renaissances et les interventions successives d'un même personnage étaient distinguées par un nombre à virgule collé au nom : Daniel24,3 signifiant le troisième témoignage du vingt-quatrième retour à la vie d'un premier Daniel1.

Personne ne paraît avoir publiquement remarqué la surimpression des deux auteurs. Peut-être n'ont-ils pas les même lecteurs ? Ou bien cette rencontre a-t-elle été jugée plus émouvante que scabreuse ? Les deux textes sont attirants, les talents respectifs de leurs auteurs ne sont pas discutables. Sans doute leur succès, donc l'intérêt et le silence de leurs éditeurs, étaient-ils prévisibles.

Cette histoire a un épilogue rêvé, ou peut-être deux. Le désir du naïf Auteur7 de croire aux coïncidences plutôt qu'aux machinations n'a pu lui éviter d'alourdir le dossier par un dernier soupçon. Une troisième nouvelle dudit Auteur6 met cette fois en scène de dangereux illuminés qui attendent eux aussi une manifestation d'extraterrestres. Le cas nourrit tant de « romans de gare » qu'il serait désobligeant d'en faire automatiquement un plagiat. La question surgit de l'ajout, *dans le même recueil*, de cette famille de cinglés qui ne peut pas ne pas faire penser une nouvelle fois à la secte décrite dix ans plus tôt par Auteur4.

D'où a découlé un double cauchemar d'Auteur7. Dans une première version, Auteur4 finissait par découvrir les « emprunts », volontaires ou non, d'Auteur6 à son texte. Il ne supportait pas ces vols et décidait de les révéler, voire de les faire payer... À suivre.

Le deuxième prolongement était plus intéressant. Auteur6 avait été véritablement malveillant, mais Auteur4 était resté ignorant de ses filouteries ou avait gentiment voulu le rester. Il était de très loin, des deux écrivains, le plus célèbre, le mieux vendu, le plus riche. Et il lui fût apparu inutile ou même vulgaire de dénoncer les agissements d'un écrivaillon. Hélas, Auteur6, rongé par le remords, redoute le réveil de son aîné et décide de le supprimer avant que ne lui échappent les paroles fatidiques... On peut aussi bien raconter cette histoire à l'envers. Un romancier célèbre a été retrouvé mort, empoisonné, dans les toilettes d'une librairie où venait de se tenir un cocktail de rentrée. Qui pourrait soupçonner que l'auteur du meurtre est un collègue que personne n'a jamais vu comme un rival ni donc soupçonné de plagiat ?

Au demeurant, Auteur4 a déjà mis en scène son propre assassinat dans un autre roman... Auteur7 ferait bien d'y réfléchir avant d'oser publier cet écho. Même si, au demeurant bis, Auteur4 avait lui-même fait l'objet d'une plainte en contrefaçon parce que le titre de son livre reprenait celui d'un ouvrage précédent d'Auteur8 ! et si, au demeurant ter, Wikipédia avait également menacé de publier gratuitement sur Internet ce roman décidément satanique, qui reproduisait plusieurs pages de l'encyclopédie numérique… « Une dendrite embrouillée » commenterait peut-être un spécialiste du cerveau. Un réseau fascinant. Une pelote.

Les brûlures de tels rapprochements s'apaisent avec le temps, lorsque les œuvres concernées « tombent » dans le domaine public ; bien que, à l'inverse, leur intérêt s'accroisse encore puisque c'est désormais de figures tutélaires de la littérature qu'il s'agit. On voit alors se dessiner entre ces géants des filières excitantes. L'imitation a longtemps été le chemin normal de l'initiation. Elle n'est devenue un crime, une faute impardonnable, que depuis peu.

Repartons d'un cas individuel avant d'interpeller les dieux. Le minuscule Auteur7 déjà cité qui tient un peu ici un rôle de juge bienveillant…

— Je voulais y venir, je t'ai reconnue sous ce pseudonyme ! Tu ne vas pas t'en sortir aussi simplement en te qualifiant d'« innocente » sans plus de précisions ! Au demeurant pourquoi « auteur » alors que le rôle de ce témoin n'a jusqu'à présent été que celui d'un lecteur et d'un épistolier d'occasion ? Bref, avoue ! as-tu toi-même jamais trouvé sous la plume d'un autre écrivain l'une de tes idées les plus chères dont tu pensais être l'unique créatrice ?

– Je souffre ! Parmi mes projets de roman figure en effet l'histoire d'un homme cruellement frappé par le hasard. Un accident imprévisible a pris l'allure d'une catastrophe métaphysique en lui ravissant la femme de sa vie. Rapprochant alors cette terrible surprise de celles dont se repaissent volontiers les auteurs de fictions à suspense, le héros malgré lui décide de continuer à donner à son destin l'allure d'un récit. Il note tout ce qui lui arrive ou bien il écrit d'avance des séquences qu'il s'oblige ensuite à vivre. Il ne sait pas si sa prose sera publiée, mais des protagonistes de hasard qui s'y trouvent cités s'en chargent… en y modifiant un détail essentiel. Une simple phrase changée vaut alors à l'auteur abusé son élimination par des tueurs alertés. Gare aux dangers de l'écriture !

– Terrible ! Tu me raconteras.

– Sans doute les fantômes de Flaubert et de Cervantès sont-ils bien venus proposer leurs sourires ironiques dans mes rêves, serait-ce à mon insu ! Emma Bovary et avant elle le Quichotte ont déjà conformé leurs aventures aux modèles proposés par diverses branches de la littérature, respectivement « à l'eau de rose » ou « de chevalerie ». Mais les parentés en jeu étaient approximatives ou lointaines. Quelle n'a donc pas été ma surprise et mon émotion d'« apprentie sorcière » en redécouvrant par hasard il y a peu un récit qui a enchanté ma prime jeunesse : *Les aventures de Tom Sawyer* ! Quand dans leur village américain de *Saint-Petersburg* Tom convainc son copain Huckleberry Finn de former à eux deux une bande de brigands, il exige que toutes leurs initiatives paraissent sortir des romans d'aventures qu'il affectionne…

– Misérable copieuse !

– Arrête !

– *La prochaine fois, tu ne le feras pas ?* Ou bien tu l'écriras quand même ton chef-d'œuvre ?

– On verra.

– J'ai de quoi t'apaiser : quelqu'un a-t-il jamais inscrit Cervantès dans l'arbre généalogique de Mark Twain ?

– Merci. Reste encore le cas de croisements au grand jour, d'affrontements critiques qu'on pourrait presque qualifier, Maïmonide oblige, de *plagiats négatifs*. Il devient alors possible de conserver les noms des duellistes.

Dans son livre *Meursault, contre-enquête*, couronné par le « prix Goncourt du premier roman », l'écrivain et journaliste algérien Kamel Daoud a eu la bonne idée de donner une identité et un nom, Moussa, à « l'Arabe » tué, qu'Albert Camus ne désigne que sous cette appellation dans son roman *L'Étranger*, l'un des plus célèbres de la littérature occidentale. Se trouvent donc justement restaurée la dignité du peuple autochtone algérien et fustigée la condescendance de la société coloniale française, représentée par un Meursault insensible et assassin.

Hélas, Daoud ne distingue pas entre cet acteur narrateur, qui parle en « je » puisqu'il conte son méfait, et l'auteur du texte qui, c'est le moins qu'on puisse dire, ne reprend pas à son compte la position de son personnage. La confusion et la distinction des deux identités sont suffisamment mêlées pour justifier la remarque de l'éditeur vantant « le jeu vertigineux des doubles et des faux-semblants ». Dans certains passages, l'auteur et le livre sont bien mondialement célèbres : c'est Camus, et c'est *L'Étranger*. Même si ailleurs le meurtrier signe lui-même un récit qui s'appelle cette fois *L'Autre*, il s'agit du même texte, dans lequel « l'Arabe » n'a pas de nom. Plusieurs fois il est martelé que « le livre est écrit par l'assassin ». Voici donc en somme Meursault gratifié d'un grand talent et, à l'inverse, Camus – jamais cité, c'est de bonne guerre ! – devenu tueur par l'effet de cette entourloupe dont la gent littéraire n'a pas voulu s'offusquer. Sans doute doit-on comprendre que, si la victime n'est sous les yeux du pied-noir qu'un anonyme colonisé, l'auteur qui rapporte impassiblement cette iniquité peut être vu comme un représentant de l'injuste Métropole. Il y a tout à la fois du génie et une perversité diabolique à l'œuvre dans ce méli-mélo. Vu la vive intelligence de Daoud et son courage de chroniqueur fustigeant la misogynie de ses coreligionnaires musulmans, on en vient à penser qu'il fallait bien un audacieux aventurier pour produire un paradoxe aussi scandaleux ; on n'ose écrire un *kamikaze* puisque précisément une *fatwa* intégriste a condamné à mort le journaliste. En rapprochant alors l'inculture du « Français d'Algérie » peint par Camus du portrait violemment critique que Daoud fait de son propre pays devenu indépendant, on se dit qu'une belle rencontre a tout de même été manquée…

Contre-chant

— Bonjour mon aurore. Tu as beaucoup bougé cette nuit. Tu rêvais.

— Bonjour Irène. On ne peut rien te cacher.

— Si, ton rêve justement. Je n'y étais pas. Tu t'enveloppais dans la couette comme dans un voile magique, et je me retrouvais découverte, hors du lit, hors de ton monde. Tu as l'air soucieuse ?

— Vaguement préoccupée.

— Ne me dis pas que tu as peur de tes rêves ?

— Sauf s'ils me laissent moi aussi à la porte ou s'ils me parlent de mort. Ou les deux.

— À quelle porte ? La mort de qui ?

— Je ne redouterais pas ces scénarios s'ils n'étaient que les miens, comme un roman appartient à son auteur ; s'ils ne mettaient en scène que ma vie, mon destin. Mais ils ouvrent aussi d'autres chemins qui me troublent parce que je n'en connais pas l'issue. Comme c'est néanmoins en moi qu'ont germé ces énigmes, je me dis que leurs solutions doivent s'y trouver également cachées. Alors, je cherche. Et je ne dors plus.

– Raconte ! D'abord la balade ou d'abord l'obstacle.

– Comme pour mieux m'appâter mes rêves paraissent tout de même commencer par me dégager le terrain. Ils plantent un décor dont je reconnais quelques éléments, mêlent des personnages que je peux identifier à d'autres dont j'ignore aussi bien l'identité que la raison d'être là. Le suspense est violent, c'est très excitant, je me dis que je tiens le début du *blockbuster*, roman ou film, après lequel je cours. Et puis…

– Et puis la suite ne se montre pas.

– L'histoire bute sur le mystère qu'elle a posé. Quelqu'un ou quelque chose en moi a lancé un thriller qui m'exclut. Je ne sais pas ce que c'est que cette histoire.

– Raconte !

– Je suis assise à la terrasse d'une brasserie, devant une petite table encore vide, le *Café des Pins*…

– Ah non, tu te moques, ce n'est pas un rêve, c'est un souvenir, au mieux un récit, tu l'as déjà raconté plusieurs fois !

– Attends la fin, les tout derniers mots. Comme dans la vie un même début peut logiquement, rigoureusement, conduire à plusieurs solutions, plusieurs « morales » comme on dit. Dans un rêve, l'armée romaine peut envahir la Gaule, puis Vercingétorix s'imposer à Alésia.

– Cette plage de Sainte-Marguerite et ce café commencent à me fatiguer… J'espère au moins que tu as recruté de nouveaux figurants !

– Le décor te paraît familier, mais si je pouvais t'en

montrer un dessin ou une photographie tu ne le reconnaîtrais pas.

— Tu ne peux pas.

— Seuls les toponymes sont passés du réel au rêve, les images n'ont pas suivi. Et ce décalage m'angoisse déjà. Je tends le dos, je crains ce qui va surgir. Je suis à la fois moi-même et une autre. Je m'appelle bien Lise Versois, mais en l'occurrence je ne connais personne de ce nom. Tout en étant cette fille, en dévidant ses méditations, je me perçois comme une étrangère.

— Le « je » a une ombre, un double caché comme la *matière noire* dans l'univers.

— Pourquoi je préfère poursuivre à la troisième personne…

— *Ce programme est diffusé en audiodescription !*

— L'étudiante esseulée dort à demi derrière ses lunettes de soleil, elle vient de quitter la Fac et ses bruyants amis, Pierre, Steven, Julie, Charlotte, après un pot d'adieu quelque peu misérable. Coca, jus de pomme dans des verres de plastique, cacahuètes salés, chips épicés. Une bouteille de scotch, tout de même, prélevée par Kevin dans la réserve de ses parents. Les étudiants, dans l'ensemble, ce n'est pas bien riche. Ça sait surtout danser et rire trop fort. Les moins fortunés peuvent être émouvants de fragilité. On aimerait leur imaginer un destin fabuleux…

— C'est un rêve de sociologue.

— La littérature et la métaphysique vont revenir. De Bourdieu à Dostoïevski. C'est la première journée de vacances. Lise a eu envie de voir la mer, de respirer de l'iode. Peut-être deux camarades l'ont-ils accompagnée, mais ils voulaient parler de « la révolte des Bonnets Rouges » dans cette langue bretonne qui fait l'essentiel de leurs études…

– Ah, les voici ! ils ont trouvé leur rôle !

– … tandis qu'elle voulait simplement se reposer, méditer sur sa vie. Ils se sont assis à des tables séparées.

– Est-ce que l'intrigue les rattrapera ?

– Je ne sais pas, tous les chemins ne se recoupent pas. Il y a d'autres mondes.

– Il manque un Japonais dans cette histoire !

– Lise a décidé de repousser jusqu'au soir la rencontre avec son père qui doit l'attendre, immobile et muet, dans le fauteuil du salon. Le matin, elle l'a trouvé nu dans la cuisine devant le réfrigérateur ouvert où il avait déposé ses chaussons. Elle ne sait pas s'il souffre, il ne dit rien, ce qui est un comble pour un enquêteur dont le métier est d'expliquer. Elle se demande quelquefois s'il ne simule pas. L'hypothèse est folle mais presque drôle, moins sinistre que celle de bizarreries sans issues. Quand le désespoir se fait trop fort elle le regarde dans les yeux, puis elle essaie de l'entraîner en riant dans une bulle de bonheur. Elle le prend dans ses bras, lui suggère de la faire danser. Elle l'appelle *Aloïs*, c'est le prénom du docteur Alzheimer. En esquissant quelques pas de valse, elle a l'impression de faire tournoyer sa propre enfance. C'est une autre dimension, souvent inaperçue, de ce cancer de l'esprit : avec les souvenirs du malade ce sont aussi des pans de vie de ses proches qui s'effacent, dont précisément il était le dernier gardien.

– Tu l'as déjà dit. Retournons à Sainte-Marguerite s'il te plaît, ne perdons pas le fil, je suis ton Ariane.

– La vie est à la fois passionnante et injuste. À une table voisine, l'œil vif d'un très élégant vieillard suggère que son corps peut-être octogénaire ignore pourtant la déchéance de la maladie. Veste en tweed, chemise rayée, cravate. Il s'est fait servir un porto et quelques olives. Ça se fait, d'associer olives et porto ?…

– Je croyais que c'était un apéritif italien ?

– Ça ne plaisait pas à Morphée !

– À ce dieu grec des songes je préfère celui qui, lors de la fête aztèque de *Ixnextiua*, était figuré par un homme portant un autre endormi sur son dos.

– Le garçon ne s'est pas encore intéressé à Lise qui, au demeurant, se demande ce qu'elle pourrait bien lui commander…

– Tu n'as pas eu trop de mal à lui trouver un prénom !

– C'était ainsi, je ne triche pas. Un peu plus loin, les camarades de la donzelle, les miens si tu veux, ont été rejoints par deux autres adolescents, ils s'esclaffent, parlent haut, donnent maintenant l'impression de surtout vouloir faire savoir à la cantonade qu'ils s'expriment en breton.

– Il s'en passe, des choses, sur cette terrasse ! mais rien de nouveau…

– Est-ce qu'à partir de ces éléments, une veste irlandaise, un sourire amusé, un porto, des olives, quelques éclats de voix dans la langue de Merlin, on pourrait faire prendre un roman comme une mayonnaise ?

– C'est toi qui poses cette question, ou c'est elle ? le « je » blanc ou le noir ?

– Au choix. Lise trouve des arguments dans les petites perles de sueur qu'elle sent poindre au pli de ses cuisses, au creux de ses aisselles. Un monstrueux geyser se prépare dans son corps et dans la galaxie. Les matières vont se mettre à frémir, les formes à s'effondrer, un trou noir naîtra, avalera tout, et paf ! on aura droit à un autre *Big Bang*. Tout sera inconnu et neuf.

Elle se sent merveilleusement vierge et désœuvrée. Toutes les connaissances, les angoisses qu'elle a accumulées depuis des mois se sont liquéfiées au moment où elle a posé le pied hors de l'université. Elle ne sait pas encore ce qu'elle fera de sa vie à la rentrée prochaine. S'inscrire dans un nouveau cursus ? chercher à travailler ? respirer ? rire ? mourir ? Elle est vide, donc ouverte à tout événement qui voudrait l'investir.

– Je ne vois toujours pas d'où va surgir cette menace de mort ? L'ordinateur de l'auteur ne va pas exploser ? Le barman ne cache pas un AK47 sous sa serviette ? Toujours aucun samouraï à l'horizon ?

– Il arrive. Comme dans tout bon polar, je voulais en effet rendre la main au hasard pour animer cette scène trop quiète. Deux quidams s'en occupent, qui avancent en bavardant vers la terrasse du café. Ils parlent, mais on n'entend pas encore ce qu'ils disent. L'un d'eux a des traits nettement asiatiques. Sans s'arrêter, il croise le regard de Lise et lâche soudain à voix haute, avec un sourire amène, un « bonjour ! » suivi d'un nom inconnu.

– Ce n'est plus « Irène Marsan » ?

– Je n'arrive pas à m'en souvenir. Il y a peut-être eu « déplacement » comme disent les psychanalystes. Peu importe. Cette fausse identification tourne bien les sangs de l'intéressée qui va donc chercher à connaître son double, en redoutant peut-être de se faire face à elle-même…

– La métaphysique se fait attendre !

– L'annuaire lui a livré l'adresse de l'inconnue.

– C'est ici ?

– Elle vient pendant plusieurs jours observer la maison, dont les volets restent clos. Avant d'avoir pu en apercevoir l'occupante, elle fait fortuitement la connaissance d'un facteur qui s'est arrêté pour fouiller dans son sac débordant de lettres. L'auteur ou l'actrice se laisse tenter par une idée saugrenue, une manière de faire progresser l'histoire vers une fin encore inconnue. Elle propose au factionnaire de remettre le courrier à sa destinataire. L'homme sort bien une enveloppe, mais il s'exclame, stupéfait : « Ah bien, ça m'étonnerait ! – Vous pouvez me faire confiance, nous sommes proches. Nous avons pris le thé hier après-midi et nous devons poursuivre notre conversation. – Voilà qui serait encore plus bizarre ! De toute façon, cette lettre, c'est pour la maison suivante. Vous êtes une drôle, vous ! – Et pourquoi donc, monsieur le préposé ? – Parce que la fille qui habitait là est morte il y a trois mois. »

– Ah !

– Le facteur s'éloigne, perplexe et vaguement goguenard, abandonnant une Lise pétrifiée qui se secoue et revient en trottinant au niveau de son interlocuteur. « Attendez, vous me prenez pour une folle, n'est-ce pas ? – En quelque sorte. – Laissez-moi vous expliquer. Il y a peu, quelqu'un m'a confondue avec elle, m'a saluée par son nom, et j'ai désiré la connaître. Vous vous rendez compte de ce que vous venez de m'apprendre ? On m'a prise pour une morte ! Je me demande ce qu'il faut en penser. – Quand vous aurez trouvé, vous viendrez me le dire ? C'est intéressant, votre histoire, mais mon receveur il s'en moque. Je n'ai pas le temps, là. »

– C'est moi qui me demande ce que je dois en penser. La vraie morte, c'est moi ?

– Ne crains rien. Telle est peut-être la première fonction des fictions : mourir sans risque, avec résurrection chaque matin.

Citations

Un archiviste de l'*Institut Temporel* a récemment exhumé un *docussile* rédigé en *moyen occidental 3B*, dont la formation a été datée de la fin du IIe millénaire ou du début du IIIe. Il s'agit d'une part d'un ensemble de noms doubles ou triples, dont les derniers paraissent classés dans un ordre inconnu que les linguistes ont nommé *vieil-alphabantique*. Et d'autre part d'une succession désordonnée de phrases insolites. Le *Bateleur-en-Chef* de l'Institut a proposé d'y voir un reste d'une sorte de jeu public au cours duquel des lecteurs ou des auditeurs devaient attribuer les citations du deuxième bloc aux personnages répertoriés dans le premier. Le nombre des items changeant d'un ensemble à l'autre, il se pourraient que certains auteurs aient produit plusieurs sentences ; ou que l'un en ait cité un autre, suscitant l'affichage de leurs deux noms. Un historien de la *Dissidence Gauche* a proposé que l'épreuve soit de nouveau proposée aux candidats du prochain *Bac-à-lauréats*. Tandis qu'un commando d'*Adgrégés* pourrait chercher à retrouver les œuvres d'origine et à détecter, le cas échéant, les altérations dans les prélèvements. Mais qui s'intéresse encore aux productions du IIIe millénaire ?

Roland Barthes, Emmanuel Berl, la Bible, Raphaëlle Billetdoux, Tim Burton, Albert Camus, J. M. Coetzee, Christophe Donner, Havelock Ellis, Robert Frost, Alan Greenspan, Christophe Habas, Michel Houellebecq, Jack Kerouac, Emmanuel Lévinas, Vladimir Nabokov, Maurice Nadeau, Rabbi Nahman, Amélie Nothomb, Friedrich Nietzsche, Pablo Picasso, J.-B. Pontalis, Ayn Rand, Jules Renard, Rainer Maria Rilke, Philip Roth, James Salter, Prétextat Tach, Léon Tolstoï, Paul Valéry, Daniel Wallace.

Les rêves sont vrais tant qu'ils durent. Pouvons-nous en dire autant de la vie ?

Celui qui veut aller jusqu'au bout de ce qu'il a à dire sans passer pour fou ne le peut jamais. À moins de prendre la plume. Écrire, c'est parler sans être interrompu.

Dès que la conscience convoque les rêves, il deviennent des récits de rêves. Leur nature est perdue.

La poésie est ce qui se perd dans les traductions.

Si vous avez compris ce que je viens de vous dire, j'ai dû faire une erreur quelque part.

On n'écrit pas pour dire ce qu'on pense, mais pour savoir ce qu'on pense.

Savoir ce que l'on veut mène à tuer l'étincelle créatrice.

Un écrivain refuse tout ce qui s'est écrit avant lui, qui lui paraît faux, inadéquat, insincère.

Lorsqu'il parlait sérieusement d'un livre ou d'un tableau, il éprouvait l'agréable sensation d'être complice d'une conspiration ou d'un charlatan.

Ô mon étonnement, tête charmante et triste, il y a donc autre chose que la lumière ?

L'art nous permet de ne pas périr de la vérité.

La beauté n'est qu'un degré supportable de la terreur. Nous la vénérons parce que, impassible, elle dédaigne de nous détruire.

Une œuvre est éternelle non parce qu'elle impose un sens unique à des hommes différents, mais parce qu'elle suggère des sens différents à un homme unique, qui parle toujours la même langue symbolique à travers les temps.

Un homme avait perdu un bouton de manchette en diamant dans le vaste océan bleu, et vingt ans plus tard, jour pour jour, un vendredi, semble-t-il, il était en train de manger un gros poisson. Mais il n'y avait pas de diamant à l'intérieur. C'est ce que j'aime dans les coïncidences.

Criminels, monstres, exclus de la société, indignes de vivre, les voici devenus héros de grands romans. Alors, nous, lecteurs, leurs sommes reconnaissants.

Les histoires survivent au conteur, qui devient immortel.

La philosophie fait semblant d'ignorer ce que l'on sait et de savoir ce que l'on ignore. Elle doute de l'existence, mais elle parle sérieusement de l'univers.

Le savoir ne protège pas. La vie méprise le savoir, elle

le force à faire antichambre, à attendre au dehors. La passion, l'énergie, les mensonges, voilà ce que la vie admire.

Il y a une limite à ce que l'homme peut décemment voir. Certaines choses ne doivent pas être regardées en face. Le mal affiche une forme d'obscénité qui contamine l'observateur.

Toute pensée généreuse est menacée par son stalinisme. L'idéologie, c'est l'inversion qui guette un principe altruiste quand il est appliqué.

Nous sommes ravagés par une passion morbide pour les théories. On jouit du sens qu'elles donnent aux découvertes. Comme s'il fallait que les découvertes aient un sens.

La plus grande surprise de la vie, c'est de vieillir.

Tout ce que nous entreprenons, et même ce que nous ne faisons pas, nous empêche d'agir à l'opposé. Les actes détruisent leurs alternatives.

Ne demande jamais ton chemin à celui qui sait, tu pourrais ne pas te perdre.

L'être humain ne se construit que quand il est libéré de soi par le regard d'autrui. La culture s'ouvre à lui.

Le démocrate est modeste. Il a besoin des autres pour penser.

Il y a tant de gens qui poussent la sophistication jusqu'à lire sans lire. Comme des hommes-grenouilles, ils traversent les livres sans prendre une goutte d'eau.

Les circonstances informent l'application de la Loi. Le Talmud est la lutte avec l'Ange.

Quand on est allongé, bouche contre bouche, baiser contre baiser dans la nuit, la tête sur l'oreiller, rein contre rein, l'âme baignée d'une tendresse qui vous submerge et vous entraîne si loin des terribles abstractions mentales, on se demande pourquoi les hommes ont fait de Dieu un être hostile à l'amour.

Tout, j'aime tout de toi, même ce que tu n'aimes pas chez toi, je l'aime.

Il existe, au milieu du temps, la possibilité d'une île.

Tragédie

Ce serait l'histoire d'une fille innocente – appelons-la Lise – à laquelle la fin de ses études offrirait le temps nécessaire pour tenter un roman. Elle ne craindrait pas l'ennui de l'autobiographie. Elle affronterait plus tard les mystères du Nouveau.

Ce qu'elle ne mesurerait pas serait le danger des gués entre la chronique et la fiction, entre « le roman national » et la vérité historique, entre la vie de la société et les destins individuels. Au moment où elle jetterait ses premiers mots sur le papier blanc, elle ne devinerait pas que son livre serait interdit sur ordre de la Justice.

La disparition de sa mère et l'effondrement de son père dans le trou noir de l'amnésie lui offrent un sujet d'enquête évident : avant que ne se perdent leurs paroles, lui avaient-ils bien tout raconté du passé de la famille ? Ses doutes et ses envies la ramènent pendant la Deuxième Guerre mondiale, dans le village breton de l'une de ses grands-mères, *Nenn*, boutiquière avec sa fille *Mimi* sur la frange marine de l'extrême occident. Cette localisation a son importance car, une fois la France envahie par les armées du Reich, cette côte sera plus qu'occupée, interdite à tout visiteur par principe suspect de vouloir recueillir des informations visant à préparer un éventuel débarquement des Alliés. Pour venir d'un lieu extérieur à cette zone participer à un événement familial, un baptême, un mariage, un enterrement, il faudra un *ausweis* délivré par les nouveaux maîtres.

La première surprise de Lise est de découvrir « la drôle de paix » qui a prévalu dans le village en question jusqu'à la « Libération ». Pendant les quatre années de présence de l'armée allemande, tandis que d'autres régions d'Europe et de France subissent force atrocités, aucune violence ne trouble le sommeil du village. Singularité à peine croyable, pas un des vingt-et-un garçons relevant du *STO*, « Service du travail obligatoire » ne prend le chemin du *Reich*. Les derniers témoins qu'elle interroge, des nonagénaires regroupés dans la maison de retraite locale comme des collégiens dans une colonie de vacances, parlent avec un calme voisin d'une politesse affectueuse des quelques officiers qui se sont succédés dans la *Kommandantur* : apparemment de simples citoyens mobilisés, fonctionnaires, enseignants, artisans, commerçants dans le civil, qui remplissaient leur nouvelle mission sans se soucier de vanter les mérites d'Hitler. Les occupants étaient répartis dans les maisons de la commune, où de simples cloisons les séparaient chaque nuit des occupés. L'un des malicieux vieillards, ancien forgeron, raconte que, venu demander qu'on lui paie des barres de fer prélevées par un soldat, il s'est vu répondre par le commandant : « Tu demanderas à Churchill ? »

Et Lise de se demander déjà si elle peut oser peindre un tel contexte après que se soit déchaînée ailleurs, pas si loin, la *Shoah* par balles et par fours ; après Oradour-sur-Glane. L'une de ses camarades journaliste rassure celle dont elle fait cependant « une apprentie sorcière » : l'Allemagne était avant la guerre, avant 1933 tout au moins, le pays le plus brillant d'Europe ; ses philosophes et ses musiciens faisaient l'admiration de tous. Il est certes troublant et même effrayant que cette magnifique culture ne l'ait pas protégée, ni le monde avec elle, de la barbarie nazie, mais il est tout de même également normal que quelques restes de cette humanité aient survécu sous les uniformes dans les neurones d'*appelés* ordinaires, sinon dans ceux des *SS*. D'autres amis auxquels elle fait lire ses premières pages lui conseillent de conserver les noms véritables des lieux et des témoins, par respect pour son lectorat, et « pour éviter les jeux futiles et malsains de devinettes ». Elle continue.

Trois cafés se faisaient face autour d'un carrefour central. L'un abritait les frasques de deux jeunes filles, Yvonne et Marie-Claire Laot, et les silences de leurs parents effacés. Un autre était tenu par la famille Herlé, une véritable tribu de sept garçons et une fille, Jeanine, laquelle était cependant partie rejoindre son amoureux militaire en zone libre. Le dernier, celui de Nenn et Mimi, était de loin le plus fréquenté parce qu'à une activité de bar semblable à celle de ses concurrents il joignait plusieurs autres fonctions. On y venait attendre un car, acheter le journal, du tabac, un peu d'épicerie, déclarer des récoltes car c'était aussi une « recette buraliste », et on restait prendre un verre. « On », c'est-à-dire les clients de toujours mais aussi, lâche devant l'enquêtrice l'un des survivants qu'elle confesse, les « vert-de-gris ».

La guerre commence en juillet 1944, à l'arrivée des Américains qui, bien sûr, sont venus pour se battre et libérer l'Europe. Les G.I's ont poussé devant eux, depuis Saint-Malo, de redoutables régiments de parachutistes qui sèment la terreur sur leur passage. Des adolescents imprudents s'essaient à de timides actes de résistance et déclenchent pour la première fois d'impitoyables vengeances des troupes d'occupation. Jeanine Herlé revient, ramenant dans ses bagages un mari démobilisé qui n'a donc pas rejoint Londres et qui, pour se donner une allure tardive de héros, se met à établir des listes de collaborateurs avérés ou supposés. Le plus jeune garçon de la famille trouve plus courageux de peindre pendant la nuit des croix gammées sur quelques maisons du village : sur le café Laot où, il est vrai, Marie-Claire vient de donner naissance à un petit Pierrot bien blond... mais aussi sur celui de Nenn et Mimi. *Tag* infâmant qui va mener à la fermeture des deux établissements pendant quelques mois sur injonction du tout nouveau *Commissaire de la République*. Lise a-t-elle mis au jour le « secret de famille » qu'elle traquait ? Lui saura-t-on gré de son courage cinquante ans plus tard ?

Il est difficile de trier les souvenirs divergents des derniers témoins. L'un affirme que Nenn a elle-même surpris et giflé le barbouilleur. Jeanine, toujours en vie, cherche à apaiser d'éventuelles rancœurs résiduelles : « son petit frère était à l'âge des bêtises. » À l'inverse, une paysanne d'un hameau lointain assure que, venue au bourg pour fêter les Américains, elle a vu les filles Laot « se réfugier de trouille dans l'église, avec leurs bijoux et leurs manteaux de fourrure. – On était en août », lui objecte son interlocutrice sans la décontenancer. Il semble bien cependant que Mimi ait été « retenue » avec ses deux voisines, dans un moulin isolé transformé en geôle, dans l'attente d'une inculpation. Il faut trouver mieux que ces ragots. Lise finit par obtenir l'autorisation officielle de consulter les Archives régionales regroupées à Rennes. Expérience passionnante autant qu'éprouvante, qui laisse entrevoir les craintes de l'État. À l'entrée de la salle de consultation, il faut abandonner tout sac, stylo, appareil photo. Puis se contenter de copier les documents à la main sous la surveillance de fonctionnaires vigilants, avec un crayon fourni par l'administration et sur des feuilles portant le sceau du service ! Mais, ces réserves acceptées, tout est là. Les billets de dénonciation, dont l'un de Jeanine Herlé accusant spécifiquement Mimi d'une liaison « avec un Boche ». Les réponses justificatives. Quelques circulaires américaines cherchant à mettre un peu d'ordre dans ce dangereux bouillonnement. Surtout, d'extraordinaires lettres de soldats allemands écrites depuis le Front russe à leurs amis locaux, saisies chez ces derniers à la Libération par les résistants de la dernière heure ; des lettres de jeunes gens redoutant les futures attaques de l'Armée Rouge et regrettant « le bon temps de leur séjour en France ». Enfin, les attendus des jugements ultérieurs... innocentant tout le monde, à l'exception d'un marchand de vin frappé d'*indignité nationale*. Une fois la paix revenue, les services de police et de gendarmerie aussi bien que les tribunaux réguliers ont manifesté une clémence ignorée des *Comités de Libération*, des *FTP* et *FFI*, dans la fureur des derniers combats.

Néanmoins, il reste hors de doute aux yeux de l'enquêtrice troublée que sa grand-mère et sa tante ont vécu l'occupation de leur village comme une visite de voisins et une période heureuse. Il y a eu des soirées de musique et de danse dans le café pendant lesquelles se sont mêlés anciens habitants et nouveaux résidents. Nenn avait toujours parlé de la misère de ses parents analphabètes comme d'une honte, se rengorgeant en revanche d'avoir pu faire de son fils, au sein d'une population parlant une langue non enseignée, un bachelier français. Tous les soldats de la *Wehrmacht* n'étaient pas cultivés, mais certains l'étaient. Ils venaient du pays de Goethe et Schiller, de Mozart et Beethoven. La tenancière a vécu comme une fierté de mêler dans sa boutique, aux paysans et villageois bretonnants locaux, d'élégants visiteurs : des « monsieur ». Hélas, c'étaient des Allemands.

Lise hésite sur cet « hélas » qui ne prendra sens que quelques années plus tard, une fois la guerre terminée, le pouvoir nazi balayé, et, à l'inverse, une nouvelle Europe fondée par une coopération des deux anciens ennemis réconciliés. Elle se rassure en vérifiant que son texte ne salit personne, sinon peut-être un peu ses propres ascendants. À tout prendre elle est plus une victime qu'une dénonciatrice ?

Vient alors un nouvel épisode qui ravive son intérêt. Elle retrouve « le fils de l'Allemand », l'enfant de Marie-Claire devenu sexagénaire. L'homme veut bien la recevoir et lui brosser son destin. Après le décès de sa mère des suites d'un accouchement difficile, il a été plus ou moins caché par ses grands-parents, placé dans des fermes reculées. Il n'est revenu au village que pour entrer à l'école, « où personne ne lui en a jamais fait voir ». De surcroît, dès son adolescence, le hasard a placé sur son chemin celle qui devait devenir l'amour de sa vie et la mère de ses quatre enfants. Oui, il a cherché à retrouver son père inconnu. Il a écrit à plusieurs journaux d'outre-Rhin qui offraient de mener enquête pour des orphelins de son espèce. La République Fédérale lui a même récemment proposé sa citoyenneté. Lise ne peut guère l'aider. Elle a bien lu aux Archives des lettres de ses jeunes parents rédigées dans un sabir franco-allemand aussi pitoyable qu'émouvant mais sans signature germanique identifiable ; les deux amoureux devaient craindre à la fois les médisances des habitants et les foudres de la hiérarchie militaire. Elle veut bien, toutefois, tenter une dernière intervention auprès d'une association de mémoire.

Promesse tenue. Elle reçoit une réponse de Bonn, mais à une autre question. Le nom du village a mené à celui d'un lieutenant qui y a exercé la fonction de commandant en second pendant les premières années du conflit. Lise connaît bien ce patronyme. Elle l'a lu au bas de nombreuses lettres adressées au fameux marchand de vin condamné, que le rédacteur terminait systématiquement en demandant au destinataire de transmettre ses sentiments d'amitié à « *sa sweet heart Mimi* ». Étonnante utilisation de l'anglais ! L'ancien officier, juge au civil, et même juge fédéral en fin de carrière, vient de décéder, mais son fils est un journaliste bien connu, correspondant à Paris du *Süddeutsche Zeitung*, un quotidien bavarois plutôt classé à gauche. Lise retrouve facilement l'homme et rendez-vous est pris dans un restaurant de la Capitale. Après la Bretagne, son père a échappé à la mort sur le Front russe, avant d'être fait prisonnier par les Américains à Dunkerque et interné dans un camp près d'Atlanta, de l'autre côté de l'Atlantique ! Officiellement blanchi de toute appartenance au parti nazi, il a pu après quelques mois regagner son pays, retrouver son pays, sa famille et sa profession. Même s'il préfère penser que sa mère n'en a jamais eu connaissance, Johannes ne s'offusque pas trop des douceurs que Mimi a peut-être réservées à son père. Encouragée par cet accueil amical, Lise lui propose d'écrire ensemble un deuxième livre après celui qu'elle est en train de terminer. Chacun racontera dans quelles circonstances il ou elle a pris conscience du passé et de l'avenir de l'Europe. Comment Johannes enfant a-t-il appris la carrière militaire de son père ? Comment a-t-il réagi en découvrant sa photo en uniforme ? Le journaliste accepte oralement avec enthousiasme, mais quelques jours plus tard décline l'invitation par lettre : son éditeur lui a vivement déconseillé de s'exposer ainsi. Apparemment il est aussi difficile en Allemagne qu'en France d'évoquer l'occupation de la seconde par la première...

Viendrait alors le pire, après cinquante ans de paix. Le bouquin est édité, paru, vendu. La population a bien accepté cette version de son passé, en dépit de quelques grincements de dents. Les héritiers Herlé qui se pensaient descendre de glorieux résistants n'ont guère apprécié de lire les libelles rédigés par leurs parents, oncles et tantes, à l'encontre de leurs voisins. Mais la pilule est passée, la vérité l'a emporté. Des passants arrêtent Lise dans les rues du pays pour la féliciter et lui susurrer qu'ils aimeraient avoir le même courage qu'elle pour étudier le comportement de leur propre famille pendant la guerre.

Mais... un huissier sonnerait chez elle et lui remettrait une convocation au tribunal de Grande Instance de la ville voisine. L'attaque viendrait du plus improbable des plaignants : du fils de Marie-Claire, celui-là même qu'elle a voulu aider dans la recherche de son père. L'homme n'a pas supporté que son histoire et son identité soient ainsi publiées. Même s'il n'a guère souffert de son origine, il craint qu'il pourrait en être autrement à distance pour ses enfants. Il demande l'interdiction de l'ouvrage.

La suite ne serait plus qu'un long cauchemar. Le président du tribunal serait bien entendu honnête, mais par exemple originaire d'Alsace, donc particulièrement sensible à toute anecdote franco-allemande. On pourrait même imaginer qu'il ait déjà entretenu avec l'éditeur des rapports difficiles, obligeant ce dernier à changer à tort le titre d'un autre ouvrage sur un autre sujet. La presse en aurait fait ses choux gras jusqu'à Paris. Cette fois, il demanderait sans faiblir « le retrait du livre de la vente ». Son jugement confondrait dans ses attendus le secret de famille caché à Lise par ses proches avec celui que le fils du soldat occupant ne voudrait pas voir révélé. Bien que cette histoire particulière ne couvrirait que moins de dix pages sur deux cents, son ordonnance irait jusqu'à suggérer le reversement au profit du plaignant des droits d'auteur générés par les premières ventes. Lise ne serait plus qu'une vilaine tricheuse faisant argent du malheur des autres.

La tragédie tiendrait, en dernière analyse, au fait que le Droit des démocraties considère avec la même rigueur et la même indulgence la libre expression des auteurs et la protection de la vie privée de chacun. Il appartient à la Justice de faire pencher la balance d'un côté ou de l'autre. Les verdicts de cette Déesse que les Grecs et les Romains représentaient les yeux bandés sont, après les appels possibles, des ukases peu discutables. Le citoyen

Dreyfus en a su quelque chose. Tout en se réjouissant de son existence, on ne peut donc que frémir en se souvenant que ses agents consciencieux, armés des lois et des codes, servis par des escouades de policiers, sont néanmoins aussi des humains hantés par des rêves, des désirs, des rejets et des choix personnels ; des humains menacés de se prendre pour des messagers d'une morale universelle quand elle n'est peut-être que particulière. Quel extraordinaire pouvoir que le leur !

La condamnation serait confirmée en appel ; le dédommagement décidé dans un troisième procès. Personne ne serait responsable de ce drame sinon la nature des choses, des sociétés, des événements, et celle de l'*homo sapiens* lui-même, prisonnier de son amour-propre. Il n'en serait pas moins difficile de se faire à l'idée qu'un livre parfaitement honnête, un récit de vérité, un aperçu de l'Histoire réelle, aurait été censuré. Personne n'entendrait plus jamais résonner le rire de Nenn.

Une nuit, Lise se réveillerait oppressée par un dernier cauchemar. Elle a vu en rêve le juge, le fils de Marie-Claire et son avocat, trinquer en souriant dans le salon d'un parti politique ou d'une société philosophique, et se féliciter de leur victoire commune. Possible bien sûr mais incertain et de toute façon autorisé ? *Impossible à écrire.*

Santal

– Bonjour les filles ! Ah, Alexandre est venu aussi. Quel plaisir vous me faites !

– Irène. Monsieur Moaze, dit Sanderling.

– Dit seulement par Lise ! Mademoiselle Irène, soyez la bienvenue. Je voulais tant faire votre connaissance.

– Monsieur l'Oiseleur enfin !... Elle parle de vous tous les jours.

– Mon bon Alexandre, mon ami, laisse-moi te prendre les mains.

– Il ne voudra pas. On va asseoir Papa devant vos tableaux en attendant le déjeuner. Il faudrait mettre ceci au frais.

– De l'hydromel ?

– Du guignolet kirsch, voyons ! L'alcool de miel aurait redoublé le pays. Nous avons préféré sanctifier notre histoire avec des larmes de cerises, peut-être bien japonaises... On entend déjà gronder un tsunami, les bécasseaux feraient bien de s'envoler pour le voir de haut, on dit que les animaux les pressentent !

– Attendez, voici d'abord l'Inde ! Mon ami arrive de

Varanasi, l'ancienne Bénarès. Vikram, je te présente les deux Lise dont je t'ai parlé et simultanément, par l'effet d'une faveur secrète de Vishnou, les deux Irène.

– Mesdemoiselles, vous me faites presque peur !

L'homme porte le vêtement traditionnel blanc que Jawaharlal Nehru a rendu célèbre : tunique mi-longue et pantalons très étroits. Tandis que tout le monde s'assoit, Lise aperçoit sur une table basse une revue dont la couverture présente l'image intérieure d'un cône vertigineux et annonce des récits d'expériences extrêmes de comas et de réveils : « *Ils ont vaincu la mort !* »

– Vous demanderez à Irène, lance-t-elle à la cantonade en désignant le journal, de décrire les clartés qu'elle a vues pendant son anesthésie…

– Lise !

– Pardonne-moi, ma chérie, mais c'est une belle énigme. Personne d'autre que toi, ici, ne sait ce que tu appelles une lumière. Irène est née aveugle. C'est une extraterrestre.

Et vous, poursuit-elle en se retournant vers le seigneur du lieu, qu'est-ce qu'on vous a changé ou implanté depuis la dernière fois ? les oreilles ? le foie ? des cheveux ? un nouveau cerveau ?

– J'ai peut-être atteint la limite de ces révisions. Les pièces détachées sont en rupture de stock, les garagistes font grève ! Peu importe, nous sommes, Vikram et moi, un peu plus loin sur la route… Nous avons fait connaissance il y a quelques décennies sur les *ghâts* du

Gange. Dans la fumée des corps qui brûlaient devant le fleuve sacré, je lui ai fait jurer qu'il m'honorerait, le moment venu, d'une semblable fin sur un rivage de l'extrême Occident.

— Vous plaisantez ? Ne me dites pas que cet assemblage de bûches sur le bord de l'aber prépare un pareil événement ? Est-ce que l'idée vous en est venue de ce *Bois Brûlé* où nous sommes ?

— Murmurée par une brise eurasienne… Une fois venu le terme de notre séjour ici-bas ou ici-haut, aucune des solutions que proposent nos églises et notre république ne me va. L'idée de rendre à la Terre la formule de mon ADN me séduit, mais j'ai tout de même du mal à me faire à celle de servir de repas à des asticots. Et je ne sais pas si nos mouettes auraient le même appétit que les vautours qui dévorent à *Mumbai* les restes des *Parsis*. D'un autre côté, les lance-flammes de nos crématoriums me rappellent trop ceux des camps où ont péri tant de mes proches… C'est affreux, ces torches de gasoil ou de gaz ? Je n'ai jamais voulu savoir comment ça marchait.

— Alors ?

— Alors, je veux bien que mon dernier cadeau à la planète soit fait de cendres, mais pour autant qu'elles soient parfumées au bois de hêtre comme le saumon fumé…

— Vous n'allez pas mourir aujourd'hui ?

— C'est une répétition. Le moment venu, Vikram, que vous préviendrez, y ajoutera un peu de santal béni par un prêtre de Bénarès.

– Parce que nous jouerons un rôle dans cet opéra ?

– Vous le préviendrez de mon dernier souffle, et il sautera dans un avion : en *business class* bien sûr ! je lui ai déjà confié la somme nécessaire. Vous verrez tous les trois, ou tous les quatre, les langues de l'Énergie – E majuscule s'il vous plaît – lécher mes chairs joyeuses. Mes graisses crépiteront, je n'en ai plus beaucoup ! Les vapeurs monteront vers la Galaxie. La Pluie – grand P – prendra en charge mon adieu à la Terre, à la Mer. À la Vie.

Un silence sacré est tombé dans la salle du manoir. Les sons paraissent vouloir s'abstenir pour s'associer à l'émotion de l'instant. Le père de Lise se lève et laisse échapper un grand râle terrifiant. C'est la première fois, depuis longtemps, que le Dieu *Alzheimer* lui permet de s'exprimer. Puis, il se rassied respectueusement.

– Merci Alexandre, fait le nonce des bécasseaux.

– J'ai une autre idée, murmure soudain Irène. L'autre jour, nous nous sommes réfugiées dans une salle de cinéma qui programmait le dernier film de Martin Scorsese, *Silence*, et Lise m'a, à son habitude, parfaitement décrit ce qui se passait sur l'écran. Au XVIIe siècle, s'il reste quelques communautés de fidèles qui se cachent et s'amenuisent, le christianisme est nouvellement interdit au Japon. De deux jeunes jésuites qui sont venus rechercher un missionnaire plus âgé dont ils n'ont plus de nouvelles, l'un finit par se convertir à la civilisation locale. Il se marie et vieillit entouré de l'affection de ses proches. Or, lorsqu'il décède plusieurs années plus tard, l'image le montre assis dans un tonneau de bois qui est ensuite posé sur un bûcher.

– J'adorerais mourir assis ! et non pas gisant.

– Raconte, Lise, ce que tu as vu sur internet.

– Nous n'avons pas trouvé de description écrite détaillée des incinérations japonaises modernes. On lit seulement que les proches « font glisser le corps dans la chambre crématoire », ce qui paraît incompatible avec une position assise. Toutefois une gravure du *Project Gutenberg* montre sur un foyer de bois un cercueil blanc qui paraît plutôt cubique qu'allongé… Je vous transmettrai ce que m'aura dit mon ami Machiko lorsque j'aurai réussi à le joindre.

– Tout de même, ajoute encore Lise en se tournant vers son vieil ami et en cherchant à sourire malgré des yeux envahis de larmes, il me semble que nous oublions une solution. En plus de l'enterrement, de la dévoration ou de la crémation.

– Oui ?

– La disparition. Comme ma Maman.

– Ah !… mais une telle énigme n'affecte que les autres. Je ne peux pas disparaître à mes propres yeux. Encore moins devant l'*Être*…

– Devant Dieu ?

– Non, devant le verbe lui-même.

– Comprends pas.

– Mais si !

FIN